青春文学精品集

# 快乐是
# 优雅的圆舞曲

《语文报》编写组　选编

时代文艺出版社

图书在版编目（CIP）数据

快乐是优雅的圆舞曲 /《语文报》编写组选编. --
长春：时代文艺出版社，2022.3
（青春文学精品集萃丛书. 快乐系列）
ISBN 978-7-5387-6967-8

Ⅰ. ①快… Ⅱ. ①语… Ⅲ. ①散文集－中国－当代
Ⅳ. ①I267

中国版本图书馆CIP数据核字(2022)第021218号

## 快乐是优雅的圆舞曲
KUAILE SHI YOUYA DE YUANWUQU

《语文报》编写组　选编

| 出 品 人：陈　琛 |
| 责任编辑：余嘉莹 |
| 装帧设计：任　奕 |
| 排版制作：隋淑凤 |

出版发行：时代文艺出版社
地　　址：长春市福祉大路5788号　龙腾国际大厦A座15层（130118）
电　　话：0431-81629751（总编办）　0431-81629755（发行部）
官方微博：weibo.com/tlapress
开　　本：650mm×910mm　1/16
字　　数：135千字
印　　张：11
印　　刷：永清县晔盛亚胶印有限公司
版　　次：2022年3月第1版
印　　次：2022年3月第1次印刷
定　　价：38.00元

图书如有印装错误　请寄回印厂调换

# 编委会

主　　编：刘应伦

编　　委：刘应伦　赵　静　李音霞
　　　　　郭　斐　刘瑞霞　王素红
　　　　　金星闪　周　起　华晓隽
　　　　　何发祥　朱晓东　陈　颖
　　　　　段岩霞　刘学强

本册主编：王朝红　刘腾辉

# Contents 目录

## 倾听大自然

小乌龟"出汗"了 / 邵佳佳　002
一杯温开水 / 闫今朝　004
害羞的草 / 赵　威　006
小吃 / 何海洋　008
牙在囧途 / 晨　曦　010
倾听大自然 / 张丫维　012
感谢龟兄 / 纪慧敏　014
"旱鸭子"踏海记 / 左柯昕　016
七月八月看巧云 / 王　晨　018
小山游记 / 郭子明　020
植物也"吃醋" / 莫　熊　022

## 家乡的古驿道

家乡的古驿道 / 黄　乔　026
我家的"小太后" / 朱甜甜　028

快乐是优雅的圆舞曲

会咬人的冰棍儿 / 成馥彤 030
口腔细菌的一生 / 刁旭阳 032
爷爷的纸船 / 罗丹 034
种花生 / 舒俊民 036
我帮奶奶梳头发 / 许寒梅 038
听到分数的那一刻 / 曹照尔 040
那一天我发现了…… / 高乐炜 042
逃跑事件始末 / 陈王希 044
奶奶家的向日葵 / 林万东 046
空中巨人 / 张译心 048

轻轻说声我爱你

家有"总管" / 翁俊杰 052
我的妈妈爱"撒谎" / 宋正琪 055
唉,老爸! / 曹前 057
姥姥的手 / 方礼蕊 060
一份珍贵的礼物 / 王子信 062
当水果之王遇上吃货之家 / 罗雨墨 064
换装大作战 / 沂凝 067
爸爸,别吸烟了 / 徐可 070
我与壁虎 / 施佳颖 072
门后的世界 / 邱智洋 074
中秋赏月 / 苏小雅 077
狂猫夜斗 / 严林琦 079

壮观的龙卷"蜂" / 李文卓 081
月儿的旅行 / 饶蓉蓉 083
找到春天带回家 / 刘梓峰 085
轻轻说声我爱你 / 蔡盈盈 087
旧鞋子的新生活 / 朱信融 089

## 金子般的心

我的窃读保卫战 / 李薇杭 092
雨巷 / 吴晓萌 094
清泉 / 邓敏沂 096
我是"小护士" / 黄礼裔 098
"降儿十八掌"与"降妈十八招" / 罗　颖 100
小小男子汉 / 许金奕 102
买不到的礼物 / 薛　杰 104
毛毛虫的梦想 / 任茜茜 106
骑猪记 / 杨力凡 108
海之"野" / 赵倩仪 110
保鲜袋历险记 / 孟星沅 112
金子般的心 / 姜着文 114
春天的榕树 / 黄静怡 116
"烟虫"戒烟记 / 顾文捷 118
邮局探访记 / 浦阅洲 120
新来的语文老师 / 黄嘉宁 122
妈妈的眼睛 / 李　凡 124

## 寻找下一处风景

| | | |
|---|---|---|
| 飞翔的青春鸟 / | 程　珂 | 128 |
| 忘不了他 / | 陈润文 | 130 |
| 家乡的臭鳜鱼 / | 刘翠羽 | 132 |
| 平安是福 / | 侯新宇 | 134 |
| 老师的"恐吓"作业 / | 徐梦莎 | 136 |
| 我发现了克隆人 / | 周嘉悦 | 138 |
| 山村图景 / | 仇艺凡 | 140 |
| 寒风中的温暖 / | 王都颜 | 142 |
| 花的容颜 / | 郝　晖 | 144 |
| 爬山虎的秘密 / | 杨正琦 | 146 |
| 江南水乡古镇 / | 孙　皓 | 148 |
| 我"撞脸"了 / | 戴麟琪 | 150 |
| 遇到二十年后的我 / | 崔　璟 | 152 |
| 疯狂的冰激凌节 / | 傅　瑶 | 154 |
| 我只有一厘米高 / | 陈冼凡 | 156 |
| 衣服要革命 / | 张秋雯 | 158 |
| 谁的知识最多 / | 张翼飞 | 160 |
| 我打开了笼子 / | 毛席宝 | 162 |
| 寻找下一处风景 / | 孔梦娜 | 164 |
| 陈晓玲，你真牛 / | 翟天禹 | 166 |

## 倾听大自然

## 小乌龟"出汗"了

邵佳佳

我用积攒的零花钱在市场上买来了一只小乌龟。这只小乌龟可好玩啦,它背上是一层硬硬的壳,壳的下面有四条短短的腿,一条小小的尾巴,像枣核一样大小的头,小小的头上还有一对比绿豆还小的眼睛。用小棍儿一碰它,它就缩到壳里去了。

小乌龟的新家就是玻璃缸。刚搬入新家,小乌龟缩在壳里,一动不动。过了一会儿,它伸出头和四肢,开始在缸里爬动,两只小眼睛还直愣愣地望着我呢!

听爷爷说,小乌龟最喜欢吃蚊子的幼虫,我便到小沟里捉蚊子的幼虫。有一次,我捉了几只小蚊子,高高兴兴地回到家里,准备喂小乌龟。突然,我发现小乌龟的背上有一粒粒小水珠。这是怎么回事呢?也许是小乌龟出汗了,我暗暗猜想。想到这里,我便拿着扇子使劲儿往缸里扇风。扇呀,扇呀,我累得直喘,可是小乌龟背上的汗珠并没有因此消失。我心里很纳闷:奇怪,天这么冷,小乌龟怎么会热得出汗呢?而且,它的活动量也不大,就算是在出汗,那汗珠为什么扇不干呢?……这一个个问题在我脑海里闪现着。

第二天，我为了解开这个谜，便查阅了书籍，终于找到了答案——小乌龟背上"出汗"是由于空气中的水分多，在小乌龟背上结成了小水珠，这预示着可能要下雨了。知道答案后，我高兴得跳了起来，把小乌龟捧在手里，对它说："你是要当我们家的小气象员啊！"

　　从此，每当我看见小乌龟的背上有了水珠，便知道"气象员"在通知我一场大雨即将来临。

# 一杯温开水

闫今朝

每天早上,妈妈都会为我准备一杯温开水,而我却讨厌喝温开水,因为它无色又无味。每次妈妈把水递给我时,我不但不接甚至还要推过去。有时即便喝了,我也极不情愿。

夏天的一个早晨,妈妈一如既往地递给我一杯水。我正心情烦躁,就把它推了回去,嘟哝道:"真不明白,温开水有啥喝的?我不喜欢喝,就是不喜欢喝,就是冰的白开水,我也不喝!要喝就喝冰镇的可乐!"刚开始,妈妈和颜悦色地给我讲道理,"白开水对身体可有好处了,人的身体每天都需要补充一定量的水分,喝水还可以排毒。"我更不耐烦了,"我身体里又没有毒,排什么毒?"这时,妈妈有点儿生气了,"再不喝,今天你玩电脑的时间就取消了!"我怒目而视,"不玩就不玩!"随后,妈妈像高音喇叭似的吼道:"小屁孩儿,你是不是青春期提前了啊?"我也气急败坏地顶撞说:"我看,你的更年期才提前了呢,天天逼我喝温开水,我快发疯了。"说罢,我甩门而去。

之后,妈妈也好像在赌气,一连几天都不做我喜欢吃的红烧肉了。我也坚决不喝妈妈每天准备的温开水,而且还经常对妈妈做些鬼脸儿，摆出一副不屑一顾的样子，好像母子之间的这场冷战我已经胜利了。

　　但是，又一个早晨，一切发生了改变。那天，我早起上完卫生间准备回屋继续睡，忽然发现一个熟悉的身影正在厨房忙个不停。她穿着睡衣，有点儿瑟瑟发抖，头发蓬乱，睡眼惺忪，还打着哈欠。看到此景，我的鼻子发酸了。妈妈是一名中等职业学校的老师，还担任着班主任，昨晚她上完晚自习十点多才回到家，早上不到六点就起床给我做早餐、准备温开水……实在是太辛苦了。而我却总是惹她生气，有时还故意气她，和她对着干。想到这儿，我的泪花开始在眼眶里打转，泪水模糊了视线。早上开饭时，我故意高声说："妈，我嗓子'疼'，要喝一杯温开水，排排我身体里的'毒气'。"妈妈一愣，立即高兴地把温开水递给了我。

　　此后，妈妈递给我温开水时，我再也不推开了，而是用双手接过来一口气儿喝掉。自从坚持喝温开水以来，我的身体越来越棒，以前经常出现的便秘、感冒等小病基本与我说拜拜了。这小小的一杯温开水，包含着妈妈无言而真挚的爱，妈妈的爱像春天的细雨，滋润着我渴望雨露的心田，给我以无限的关怀和鼓励，我决心以后每天也要给妈妈倒一杯温开水！

# 害羞的草

赵 威

爸爸买回来一盆草,我问爸爸:"买草干吗?"爸爸兴致勃勃地说:"这是含羞草。来,你碰碰它的叶子。""难道能点草成金吗?"爸爸得意地说:"当然能。"我伸手碰了它一下,它的叶子一点点收拢,茎也慢慢地垂了下来,就像死了一样。草的生命力不是很强吗?这草怎么像嫩豆腐似的,碰也碰不得。我目不转睛地看着它,不一会儿,它的叶子又渐渐舒展开来,茎也竖挺起来,真是奇怪极了,这是为什么呢?

爸爸给我讲了一个传说。从前有一个人做了亏心事,由于无脸见人,于是他就变成了一棵草。只要别人碰它一下,它就会羞愧地收拢叶子低下"头"。传说只是人们的想象,含羞草"低头"的现象一定有科学奥秘,我终于在《十万个为什么》里找到了答案。这种现象是"膨压作用"造成的,它的叶子会因为受到刺激做合拢运动,随之产生一种生物电,生物电又将信息传送到其他叶子,其他叶子也合拢起来;待刺激消失后,叶子会重新张开,恢复原状。

从此我对含羞草产生了兴趣,每天为它浇水,让它晒太阳,观察它的生长情况。含羞草越长越高，叶子越来越多。有一天，它居然结出一个个小花苞，后来又开了淡红色的花。看着含羞草在风中轻轻摇动，那婀娜多姿的情态，我的心里充满了快乐。

　　直到冬天来临，含羞草枯萎，我非常难过。爸爸说："生老病死，这是大自然的规律，谁也抗拒不了，草也是一样的呀！"他的话说得没错，可是我想随着电子显微镜的发展和基因科学的普及，我们完全有条件去认识植物的基因的排列次序、空间结构等，并用一种特殊的手术刀切割酶，对基因进行剪裁和移植，让含羞草成为不死的草。我将跟随书本步入这神奇的科学殿堂，让想象成真。

# 小 吃

何海洋

　　我生在天津，四年前，跟父母来到上海。我爱上海，也爱上海的小吃。我最喜欢吃小笼包，掀开笼屉，小笼包如同硕大的珍珠，光泽诱人。闻名中外的豫园蟹肉小笼包是我的最爱，瞧，一层光亮的薄如蝉翼的面皮儿，隐约可见的红蟹膏，我小心翼翼地用筷子提起一个，咬一口皮子，轻轻一吸，鲜美甘甜的汤汁从唇齿间滑过，直流入口中，可真鲜美哪！

　　各个地方都有特色小吃，天津也有不少。这次寒假去天津外婆家，我可大饱了口福。年糕、玉米饼、猫不闻饺子、狗不理包子、耳朵眼炸糕、煎饼果子、猴不吃麻花、十八街麻花……光听名字就引起我的食欲了。

　　麻花是天津的名小吃，有各种口味，芝麻的、山楂的、五仁的……香甜可口，又脆又香。耳朵眼炸糕的名字好奇怪，原来是因为一家炸糕店开在一个叫耳朵眼的胡同，这家店做的炸糕人们都喜欢吃，因此得名。那炸糕炸得金黄金黄的，外脆里糯，中间还有一层又香又甜的豆沙。

　　天津的狗不理包子更是极负盛名，它可是天津人的骄傲。

外面一层厚厚的面皮儿,每一个都有十八个褶,里面是鲜猪肉馅儿,虽然它用"狗不理"来命名,但这包子却谁都喜欢吃。

　　我爱南方小吃的玲珑细小,又爱北方小吃的实惠大方,品着这些小吃,我仿佛看到了南方人的精明灵巧,北方人的朴实豪爽。这小小的食物,不也正代表了南方人与北方人的特点吗?

# 牙在囧途

晨 曦

都说孙悟空戴上紧箍儿才修成了正果,而我自从有了牙箍,便开始了"牙在囧途"的漫漫征程。

被强行装上牙套的我,第二天就"糗相百出"。我紧紧地抿着嘴巴,能不说话就不说话,"笑不露齿",像大家闺秀一般。同学们见我这样就越发好奇,一个劲儿地问这问那。最后,在各种笑话的"轮番轰炸"下,在所有同学的"严刑威逼"下,我不小心露出了牙箍,全班同学哄堂大笑,有的指着我说不出话来,有的"假牙,假牙"地叫着,有的大声喊叫着"牙箍妹"并大肆传播,有的甚至要扒开我的嘴好好研究一番……这个消息不胫而走,场面一发不可收拾。我一下子捂住嘴巴,满脸尴尬!

到了中午,我更尴尬了。食堂师傅烧的大排比板砖还硬,一口咬下去,这酸爽!我感觉原本已经被牙箍摧残的牙开始摇摇欲坠了。饿得肚子咕咕叫的我已经顾不得形象了,用勺子使劲儿把肉切成一个个小块,勉强吃饱后,我发现牙齿缝里挤挤的,难受得要命。我狂奔到厕所里,见四周无人,便在镜子前露出了牙齿,只见几根肉丝在我的牙齿缝里,青菜像帘子般悬在牙箍上,可真是恶心至极，丑陋无比！我尝试着用舌头把食物舔下来，可是速度太慢，我又一个劲儿地喝水漱口，才好不容易把口腔基本清理干净。要是我每天都这样，那简直是浪费生命！

　　午读时，我突然感觉口腔内隐隐作痛，有血涌出。我用舌头舔了舔，发现我的口腔已被牙箍刮得"四处狼藉"，掉皮的掉皮，流血的流血……从此，我说的每一个字、每一句话，都会在口腔中留下深深的印记。这牙箍，真是害我不浅！

　　牙在囧途，何时才能到头啊？

## 倾听大自然

张丫维

又是一个美好的早晨,我坐在窗前,呼吸着秋雨过后的清新空气,看着天空那朵朵恬然的白云,一切都是那么祥和、那么美好。

初秋的天气有些凉,柔和的光线并不刺眼,明媚的秋阳照得我心里暖暖的。

吃过早饭后,我和爸妈来到公园,尽情地享受着大自然的馈赠。

调皮的风儿是大自然的歌手,你看,她拂过高高的枝头,带着树梢轻轻地摇曳,和叶子一同唱出优美的歌曲,沙沙,沙沙……真好听。

碧绿的小草挺直了身子,接受阳光的沐浴,在微风的吹拂下,摇曳着婀娜的身姿,好不快乐!我兴奋地躺在草地上,仰望着湛蓝的天空,贪婪地呼吸着清新的空气,享受着这美好时光。

咦,哪儿来的声音?时而清晰,时而微弱,我怀疑是自己的耳朵在作怪。再仔细听,哦,原来是我身下的小草在反抗呢,我这才意识到我压疼小草了。我惭愧地抚摸着小草,说:"疼吗?

以后我再也不会伤害你了，也不会让别人伤害你的。"小草听了高兴地向我点头微笑。

咦，哪里奏起了交响曲？是在开演唱会吗？沙沙，沙沙，叮咚，叮咚……走，看看去！

哇，好热闹啊！百灵鸟既是歌手，又是舞蹈家，声音动听，舞姿翩翩。其他鸟儿也不甘示弱，纷纷和上两句。金色的小甲虫娇小可爱，有蟋蟀伴奏，美妙的歌声随风飘荡。一曲唱罢，已是掌声雷动。还有各种叫不出名的小昆虫也加入这场演出，和她们一起享受着音乐的快乐！

你听到了吗？大自然的每一个音符、每一种声音都蕴藏着一种美。那种神奇、美妙、令人神往的声音，丰富自然界，点缀了世界。

大自然是丰富多彩的，只要你认真倾听，就会发现它是如此美妙、动听。

# 感 谢 龟 兄

纪慧敏

前年的一天，妈妈给我带回来一只小巴西龟。它用那对小眼睛惊恐地打量着陌生的环境，脖子皱巴巴的，还伸得很长，头顶后部有一对红色的粗条纹。它虽然有鼻孔，但是细小得难以观察到。我称它为"龟兄"。

这个小家伙又馋又懒，特别贪吃。一天，有人要来我们家做客，妈妈早早地就到厨房忙活了。临近中午，饭菜的味道满屋飘香，龟兄像是闻到了似的，用前爪啪啪地拍着玻璃缸。我看它的样子挺可怜的，就拿起一个虾仁，放进了缸里，眨眼的工夫虾仁便消失得无影无踪。之后，它又拍着玻璃缸管我要，我就又给了它一个。吃饱后，它便把小眼睛一闭，悠闲地晒起了日光浴，时不时还晃几下身子，真懒！

要论这只小龟有多淘气，那真是无龟能比，无龟能敌。周末，我和妈妈出去逛街。我们走的时候，龟兄还在做着美梦，我仿佛看见它的口水流了下来。可是我们回来一看，缸里那个墨绿色的小身影竟然消失不见了，我的心里咯噔一声，我吓了一大跳，连忙开始找，妈妈也把手头的活儿丢在一边，陪我一起找。

我找来找去，终于在厕所的地漏旁找到了它。我发现它时，它似乎很害怕，颤抖着身体，哆哆嗦嗦地爬着。我把它放到手上，一会儿它就不哆嗦了，变得很安心的样子。我想，它大概是觉得待在水缸里太无聊，才出来"探险"的吧！我把它重新放到缸中的"小岛"上，它又快活起来了。

我们渐渐熟悉起来。我每天都会和它说话，它好像能听懂一样，频频点头。我有什么秘密也会和它说，它总会耐心地听着，变成了一个忠实的"倾听者"。

虽然龟兄只和我相处了短短的八个月，但是它给我带来了很多欢乐，我要感谢它呢！

## "旱鸭子"踏海记

左柯昕

愉快的暑假生活自然少不了游山玩水。这次,我们来到了素有"东方太阳城"之称的日照,与大海来了个亲密接触。

我沐浴着清爽的海风,呼吸着纯净的空气,漫步在松软的沙滩上,真是心旷神怡。我是一只彻头彻尾的"旱鸭子",连游泳池都没下过,可又不想只待在浅水区里,便仗着身上套着个游泳圈,不断地向更深处前进。

海水渐渐漫过了我的腿、腰、胸,水流还算平缓。我向远处望去,只见那里有较大的海浪朝我这边涌过来。我刚开始还不太在意,可是海浪逐渐高出水面,越来越汹涌,等到它们直逼过来,我才紧张起来。海浪愈发靠近,也愈发猛烈,像一堵墙横在不远处。突然海浪顶部冒出了白花花的浪花,一波接着一波的海浪不断变大、变高,竟然融合在了一起。我呆呆地望着这席卷而来的"巨无霸",以排山倒海之势涌到我跟前,惊得我竟然忘记了躲一躲。老妈可着急了,冲我大喊:"快闪!"旁边的叔叔也来保护我,这时我才如梦初醒,大叫一声:"妈呀!"撒腿就跑,可海水阻力太大,海浪速度太快,我跑得太慢,还没跑出三步远，就被浪头狠狠击中了后背，脚一歪，踩到了贝壳。"啊！"我猛地抬起了脚，结果一屁股跌坐在了海浪里，被海浪冲得在游泳圈里翻了好几个身，只觉得无孔不入的海水钻进了我的嘴巴、鼻子、耳朵、脚趾窝、甚至是毛孔里，"咸死我了！"我连打了好几个喷嚏，咳嗽着，吐掉了满嘴的海水。

还没等我缓过劲儿来，海浪又铺天盖地地奔腾而来。"此地不宜久留！速撤！"我振作精神，连滚带爬地站了起来，却又被海浪打翻，几乎整个人都被淹没了，幸亏有游泳圈，否则我一定会像一块石头一样沉入水底。

我浮了上来，可是蛙泳、仰泳、蝶泳、自由泳，我统统没学过，怎么能游上岸呢？

"小狗不发威，你当我是旱鸭子！"危急关头，我想起了"狗刨式"，便双手乱挥、狂舞，拼命刨着海底的沙子；双腿乱踢、乱蹬，不像小狗，反而像一只鼹鼠，在无边无际地挖洞。我既没有顺利地游到岸边，也没有挖到岸边，只好眼睛紧闭、双腿蜷缩、抱紧游泳圈，使出"漂流瓶神功"，竟然也被海水冲到了岸边！

我这只"旱鸭子"逃过此劫，纯属幸运，下次去海边，运气就难说了，还是先掌握游泳的技巧吧！

# 七月八月看巧云

王 晨

今天早晨，在上学的路上，我仰望天空，不禁瞪大了眼睛，咦！这边是湛蓝的天空，云彩都逃到哪儿去了？那边的白云怎么这么密？是不是都到那里聚会了呀？

我只听说过蝴蝶谷的"蝴蝶集会"，龙池的"蛙会"等，可从没听说过云朵集会呀！

看！天空东南面，这里的白云虽然占据了大半个天空，但是稀疏有致，造型各异！那不是奶奶家院门前的矮墙吗？一块块不规则的石头堆砌而成，我似乎走进了奶奶家的小院。这边是一大片梯田，那边是还没融化完的雪，一片片、一簇簇的。我又好似走进了一片棉花地，一朵朵棉花正在绽放，地头是一堆堆松软的棉絮。我又似乎走在了柔软的沙滩上，前面是蔚蓝色的大海，一朵朵白色浪花向我涌来；金色的阳光照射在海面上，泛出点点淡黄的光。这一切离我是那样近，触手可及，我好想采下一片白云，摸摸它有多么温暖，多么光滑，多么柔软。

再看西北天空，却是晴空万里，一片湛蓝，就像用蓝色油漆刷了一般，蓝得清澈，蓝得诱人，没有一点儿灰尘。我的双眼好像不听使唤似的使劲儿望去，我感觉天离我是那样遥远，我多想有双会飞的翅膀，飞上蓝天，看看天空是多么深邃。看着蓝天，我只觉得心胸开阔，呼吸顺畅。于是，我对"秋高气爽"这个词有了更深的理解和感触。

这两种截然不同的景色的中间，是一片若隐若现，好似鱼鳞、好似绸缎、又好似棉花糖的淡淡的云。老人们常说："七月八月看巧云。"金秋时节，天高云淡，云彩变化多端，美景真是令人目不暇接。

大自然挥动着神奇的画笔，一会儿把天空涂成湛蓝，一会儿又涂出各种造型的云朵，把天空装点得生机勃勃，变幻无穷，趣味盎然，美不胜收。

## 小 山 游 记

郭子明

　　学校附近有一座小小的山,在一节语文课上我有幸登上了它。

　　初来到山脚下,我抬头仰望,不禁有些失望。这山并不高,树木因此挤作一堆,显得很小气。有些姿色的倒是那淡淡的雾,整座山都浸在云雾中,平添了几分神秘。我忍不住产生了爬上去的欲望。

　　沿着蜿蜒泥泞的石阶向上走,几分钟后我嗅到了林中特有的潮湿、新鲜的空气。深吸一口,我顿觉一种沁人心脾的清凉。

　　往上爬了七八百米,就到山顶了。我注意到一种野草,它从山脚便开始长,把整座山都覆盖了。它伴着绵延的石阶往上长,最终爬上了山顶。这精神倒颇似爬山虎呢!山外,树给山披上了绿麾;山内,草给山盖上了绿毯。

　　春寒料峭,几株小树却已开了花,红绿相衬,美到了一种特殊的境界。一棵笔挺粗壮的榕树,几丛密密麻麻的三叶草,树叶上细细密密的茸毛托起的晨露,仿佛正吟着一曲欢快的生命之歌……让人怎能不陶醉呢?

不知名的虫拉起小提琴，几只小鸟拍着轻盈的翅膀，小巧玲珑的爪子在重重叠叠的枝丫上点一下，身体就弹了出去。渐浓的雾在花、木、人、石间穿梭着，那是笼罩森林的白纱。寒风卷来，墨绿色的树叶在空中打着旋儿，以独特的速度——时而缓，时而急，最后向地心引力屈服了。

我站在山顶观景台的一个角落，凝视着云雾中的一草一木，其间隐约可见的山间小道……渐渐地，我有点儿领略了"会当凌绝顶，一览众山小"的意境。

下山时，远处一缕轻烟袅袅升起，我的心中涌起一种说不清的情感——是对小山的留恋？的确，在你刚刚开始揭开它平凡的面纱时，在你刚刚开始读懂它隽永悠长的生命之美时，在你刚刚开始生出一种对它莫名的亲密感时，你却不得不与它暂别，谁会不感慨万千呢？

## 植物也"吃醋"

莫 熊

生活中,神奇的事总是不断出现的,就连平常最为普通的醋也有它不为人知的秘密。

自从我买来了一盆满天星,似乎我的生活规律就有所改变了。每天早上起床或放学回家,爸妈都会见到我繁忙的身影往来于厨房和阳台,嘿嘿,我对于自己买来的植物总是很认真的。可有几次,因为我忘了浇花,记起来时,原来茂盛的满天星已是奄奄一息了。我心急之下顺手拿起厨房里一只装着水的塑料瓶,对着花狂喷,却闻到了一股酸溜溜的味道,不好,拿错了!这是老妈装白醋的瓶子,我赶紧看看花,暂时没发现满天星有异常。我忐忑不安地观望了几天,发现满天星已经恢复了勃勃生机,而且看起来比以前更加漂亮了。莫非是醋的功用?

于是,我向几个种花经验丰富的老大爷询问原因,他们告诉我,对盆栽的花卉施以醋溶液可以改善植物生长,增加花朵的开放数量。醋真有如此神奇的功用吗?我开始着手实验。

观察记录:

第一周过去,三盆花没有明显的变化,都是郁郁葱葱的。

第二周去看，3号盆花主干略微比1号和2号高出一点儿，叶子的颜色也更加绿，1号叶子有点儿黄。

又两周过去，3号盆花主干已经达到30厘米了，而2号主干是22厘米左右，1号主干是18厘米左右。

五周后，我惊喜地发现，3号盆花叶子中间长了好几个小花苞，1号和2号还没有长。

七周过去，3号盆花的小花苞已经渐渐长大，变成了大花苞。3号盆的花卉长得那么健壮，叶子一天比一天多，一天比一天绿。花苞的外表是清绿的皮，皮包着里面粉红的花瓣，美丽极了。1号和2号也有花苞了，但数量不及3号。过了几天，3号花开了，1号和2号还没有动静。

我经过仔细观察和比较，得出了这项实验的结果：经常浇醋的那盆花的长势明显优于其他两盆，不仅开花期提前，花苞较多，而且花色更浓，花期也有所延长。

最后，我通过实验和查资料确认，用醋浇花可以保持土壤酸碱度的平衡。我们现在种花使用的腐殖土里含有的腐殖酸是可以改良土壤的酸碱度的，但是腐殖酸在土壤里面的分解速度非常缓慢，而食用醋的主要成分是醋酸，属于低等的有机酸，在土壤里面分解很快。不过要掌握好醋液的浓度，花才长得好哦。

*家乡的古驿道*

# 家乡的古驿道

黄 乔

家乡有一条风景与历史并重的古驿道，那些沧桑的石板无声地诉说着过去的辉煌。

其实，在我的记忆里，家乡只是一个名不见经传的小山村。与其他小山村一样，这里有清澈的小溪，有入云的山峰，有茂密树林，有黑瓦白墙，有朴实的人们……一个偶然的机会，我从爸爸口中得知，家乡还有一条古驿道，这条古驿道有几百年的历史。从此，家乡的古驿道成了我的一块"心病"，令我心驰神往。

就是这次，我下午放学后，和爸爸从学校出发，赶到了离学校不远的大山脚下。爸爸指向前方说："看，古驿道就在这座大山密林中。"我顺着他手指的方向放眼望去，只见满山浓郁的绿，心里不禁有些凉意。

这天，天气不太好，一路上细雨蒙蒙，茫茫雨雾弥漫于山间。我们踏入这条石径，它平滑，又长着些青苔，经过雨水的冲刷变得格外透亮。我敢肯定，这样的石头原先一定是没有经过任何人工打磨直接砌上去的。此处到底有多少先人的足迹，我无从知晓。

　　山里静得出奇，我们继续前进。此时山间越发迷蒙，有点儿像水墨画。雨水打在石头上，溅起微微水花。不知为什么，我伸出了手，在一块块斑斑驳驳的石板上反复摩挲，心中仿佛感受到一股灵气——厚重，古朴。

　　我们爬到了山顶。这里有一个古老的凉亭，也叫驿亭。凉亭的面积不大，柱子是棕色的，青色瓦片已经变成黑色，墙面上斑斑驳驳。

　　我站在亭中，亭里静悄悄的，冷风扑面。凉亭前是两排竹子，不时还伴着几声鸟鸣，很清静，但也就是这份清静，让我无形之中感到一丝丝荒凉与苦涩。

　　行走在古驿道，是一场穿越古今的对话。

　　天色渐渐暗下来，我和爸爸赶紧下了山。我心中涌起一股惆怅：那条见证了历史辉煌的古驿道，随着交通的发达，如今却冷冷清清，鲜有人光顾，成了一代人的回忆。

　　古驿道，仍然是我的一块"心病"。

## 我家的"小太后"

朱甜甜

要说我家的"小太后"是谁,那当然是我那才三个月大的妹妹啦!这不,现在全家人都围着她转呢,忙都忙不过来。可是今天,偏偏轮到我一个人伺候这个"小太后",唉!

"再见!"随着一声"砰"的关门声,爸爸上夜自修去了,而妈妈把妹妹塞给我就去洗澡了,只剩下我一个人抱着这个半睡半醒的"小太后"。

妹妹眨巴眨巴眼,看清了抱着她的并不是亲爱的妈妈后,原来可爱的脸立刻皱了起来。"嗯嗯……"我生怕妹妹使用必杀技"大闹天宫",连忙好声好气地哄道:"哦,萱萱乖,睡觉觉了。"我边哄边用手轻轻拍,还来回走动,让"小太后"睡得安稳些。

"哇……"伴随着石破天惊的哭声,妹妹终于还是使出了必杀技"大闹天宫",响亮的哭声仿佛把玻璃都震得发颤,我头皮发麻,晓得劝是不管用的,只好拼命转移这个"小太后"的注意力:"萱萱,我们来做运动好不好?一二三四五六七八,二二三四……"然而妹妹丝毫不体谅我的一片苦心,哭得声嘶力竭，声音震天响，几乎把屋顶掀翻了。看来，这招儿不管用。

我收起讨好的表情，换成了一副凶神恶煞的样子，凶巴巴地威胁道："你再哭一声，姐姐就打你的屁股，狠狠地打！"妹妹不买我的账，又哭又蹬。"有了！"我顺手抓过奶瓶，也不管妹妹愿不愿意，一把塞进妹妹嘴里："吃，使劲儿吃！"妹妹憋得脸红脖子粗，"叭"地吐了出来，我执着地又塞了进去，想不想吃由不得你，你姐说了算！不知是太热还是太凉，妹妹吃了一口，脸上浮现出欲哭无泪的表情，后来索性怎么也不吃了。我拿出奶瓶，谁知妹妹"咕嘟咕嘟"全吐了出来，紧接着又亮开了嗓门，"哇哇哇……"活像被人虐待了似的。

当妹妹回到妈妈怀抱时，号啕大哭变成了低声呜咽，抽抽搭搭地像在诉说我的种种罪行。唉，多难伺候的"小太后"啊！

这就是我家的"小太后"，一个备受宠爱的"小坏蛋"。我相信，随着妹妹长得越来越大，我和她之间发生的故事也会越来越多。

# 会咬人的冰棍儿

成馥彤

"东西街,南北走,出门看见人咬狗,拿起狗来打砖头,又怕砖头咬了手。"这事儿说得也太荒唐了吧?可我就偏偏遇到了这么荒唐的事。

炎热的下午,我从外面买回一袋冰棍儿。回到家,我满头大汗,为了解暑,接连吃了四五根,还是觉得很热。于是,我就顺手又拿起一根冰棍儿,当我把这根冰棍儿送到嘴里时,意外发生了:那根冰棍儿像着了魔似的紧紧地粘在我的嘴唇上。我忍着疼痛,使劲儿地扯,左右晃动,可它像没事儿一样纹丝不动,好像我招它惹它了,恶狠狠地向我报仇。冰棍儿用它的钢钳"小嘴"紧紧地咬住我的上嘴唇,就是不松开。"啊哟,啊哟,啊哟!呵呵……疼死我了。"我拼命地叫着。就在这危急时刻,我想到了找妈妈帮忙。我忍着痛走到妈妈面前说:"妈妈,冰棍儿咬住我的嘴唇了,你帮我想想办法呀!"

没想到妈妈看见我愁眉苦脸的样子,反而幸灾乐祸地说:"活该,谁叫你整天吃冰棍儿的。冰棍儿也生气了,给你一个警告,看你还敢不敢吃那么多冰棍儿。"听了妈妈的话,我羞愧万分，开始低声哭泣。可是，哭有什么用，我心想："也许用舌头舔一舔，融化得能快一些。"我用舌头舔着粘在嘴唇上的冰棍儿，在我自己辛苦的努力下，冰棍儿终于不再咬我了。我如释重负地把它拿了下来，忽然感觉嘴里有股血腥味儿，低头一看，冰棍儿上有血迹，我用手一摸嘴唇，"啊！嘴唇出血了！"

真是大白天见鬼啦，冰棍儿把人"咬"出血了。

# 口腔细菌的一生

刁旭阳

你好，知道我是谁吗？哈哈，告诉你吧，我是一个奇特的、很坏的小东西——细菌，你看不见我，是因为我的体积实在是太小了，用肉眼是根本看不到我的，这也就让我们有机可乘。我在我们细菌群中主要负责寻找我们的粮食——小主人牙齿中残留的蔬菜、肉丝、饭粒以及牙神经。

在我还没出生的时候，我的家就早已经建成了，它是被一个"好心"的牙医钻出来的，是一个"空山洞"。我把补牙的材料一点儿一点儿地搬走，在里面舒舒服服地居住着。墙壁是黑颜色的，牙神经已经被我给吃了。到了晚上，我就睡在牙床上，非常柔软。我每天在小主人吃饭时才开始辛勤工作。我把小主人吃的卡在牙缝里的食物搬至牙缝里，每当粮食囤积到一定量的时候，我们就开始快活了！我们没事儿就开开派对，搞搞聚会，整夜整夜地开狂欢会。

有一次，我在主人的口腔里溜达时，突然在一颗牙齿中间的洞中发现了一块绝对上等的牙神经肉！这下可不得了了，找到了这么上等的美餐，我真是太高兴、太兴奋了，我马上把整个族群的男女老少召集到了一起，大家七嘴八舌地商量着该怎么吃，有的觉得烤着吃好，有的觉得蒸着吃好，还有的觉得应该烧着吃。那一天，我们大家有的唱卡拉OK，有的聚餐，有的喝小主人刚喝完的可乐、雪碧留在嘴里的二氧化碳气泡，有的盗取牙釉质，闹得小主人彻夜不眠，让他眼睛周围又多了一圈大大的黑眼圈，像个大熊猫似的。小主人直到一周后还牙疼。呵呵！千万不要小瞧我们哦，虽然我们很小，但是我们细菌就是在口腔里搞搞破坏，盗取食物，窃取牙釉质的，只要我们一工作起来，能把你们疼得要死呢。

  但好景不长，一周后，突然，一个电钻飞了过来，那速度快得很呢，正好砸到我那堆满食物的家，把我的家一下子就给摧毁了，房屋的碎片依然可见。当时我正躺在牙床上舒舒服服地睡觉，那一下，可把我给吓坏了，整个人跟丢了魂似的，迷迷糊糊的。还没等我完全清醒过来，又一个电钻"嗖"地飞了过来，把我的亲朋好友的生命给一一夺走了，我也不例外，被弹到了口腔的门口。我的生命要快被电钻给夺走了，我拼尽全力地挣扎着，扑腾着，呼救着，可终究没能逃脱出死神那可怕的魔掌。

  不过，小朋友们，如果你们不注意保护牙齿，我们细菌家族还是会回来的哟！

# 爷爷的纸船

罗 丹

折纸船曾经是许多孩子热衷的游戏,可是现在,这个游戏似乎有些过时了。不过,我却常常想起在老家折纸船的时光,以及和爷爷相处的日子。

那时我还是个懵懂的小女孩儿,和爷爷住在一起。爷爷六十多岁,身体还好,很有精神,我常常跟爷爷拿着一沓白纸来到村外的池塘边。不一会儿,一张张白纸就会变成一只只精致小巧的纸船。我会摘几片野花,放入小船,使小船不再是单一白色的面孔,变得漂亮而有生气。爷爷见了,也笑了。

小船折好了,我和爷爷一起将纸船放入池中,让它们随风漂远。我觉得这是一只只装载着春天的小船。

但不是每只小船都可以一帆风顺,就像人生的道路,总是曲曲折折。有的小船会被池塘里的鱼儿撞倒,歪歪地浮在水面,要不然就是被风吹得摇摇摆摆地靠近岸边,最后停在了岸边的石头和水草上。这些好像都不影响爷爷的兴致,他还是照旧折着小船。

我的好奇心也被勾起,总是跟在爷爷后面嚷着要学叠纸船。

爷爷细心地一步一步教我，可我总没有爷爷折得那么精致，那么漂亮。爷爷折的纸船有棱有角，精神极了，我想爷爷是带着感情在折吧。

现在我来到城里念书，好久不跟爷爷在一起了，也很少折纸船了。偶尔，我也会心血来潮，折一折，但是手好像不听使唤，折出来的纸船和爷爷叠的纸船相比，还是差很远。

但纸船带着我的思念，从梦中的湖里漂到了爷爷的手心。

# 种 花 生

舒俊民

楼下地里的白菜长大了！可拔了白菜，地就荒了，真可惜！该种什么呢？看到别家菜园里生长的郁郁葱葱的花生苗时，我央求妈妈："我们也种花生吧！花生的用处可多了，不仅蛋白质高，而且纤维素也多，还可以生吃、榨油……"妈妈立刻表示同意。

我和妈妈分工合作——我拔地里的野草，妈妈翻地。不足四平方米的菜园一会儿就被我们收拾停当。开始播种了，妈妈用铁锹在地上挖一个浅坑，我丢进六个花生粒。妈妈再用土把花生粒盖上，把土铺平。就这样，种了五行，每行七窝，一共种了三十五窝。

从此，我和妈妈每天都去给花生浇水。终于有一天早上，我惊喜地发现，地里出现了许多条裂缝，仔细一看，我一下子欢喜得不得了——花生的幼苗破土而出了！幼小的嫩苗创造了生命的奇迹，它们顽强、勇敢地顶破头顶上的土层，见到了阳光雨露，开始茁壮成长。渐渐地，花生苗的叶子展开了，是对生的，就像一个个绿色的西瓜子形状，绿绿的，圆圆的，挺有趣！

经历了几天雨水充沛的天气，花生苗疯一般地往高长。我和妈妈都很高兴。我们把家里的淘菜水和洗碗水都提下楼浇地，地变得越来越肥沃。除草时，每拔起一株野草，我就对它说："去，到一边晒太阳去！"松土时，蚯蚓和蚂蚁也在地里转来转去，仿佛是在帮我的忙。我劳动着，快乐着！花生苗真给力，虽然我们晚种很长时间，但是我家的花生苗比别人家的还要高，还要绿，而且在同一时间开出了一朵朵小黄花。我似乎已经看到，花生的花朵落了，就钻到地里变成了花生。

又过了几天，贪吃的我迫不及待地挖出花生来吃，但大多都是很嫩很嫩的小颗粒。妈妈看了又是恼，又是笑！

# 我帮奶奶梳头发

许寒梅

乡下的老家,静谧、祥和。淘气的小妹妹在奶奶的怀抱里安然熟睡,奶奶随意拨弄着被妹妹扯乱的头发。望着这一幕,我心中萌生了帮奶奶梳头的念头。

"奶奶,您的头发好乱,让我帮您梳梳头发吧!"我轻轻走到奶奶跟前,拉着她的衣袖说道。

"哟,今天太阳打西边出来了,我家寒梅怎么变得这么懂事了?"奶奶的眉头舒展开来,"还是奶奶自己来,你到外面跟小伙伴玩去吧!"

"奶奶,您就让我好好表现一回,孝顺一下呗!"我双手轻轻捏按着奶奶的背部,娇嗔着。拗不过我的软磨硬泡,奶奶只好答应了。

我右手拿着梳子,左手慢慢地解开橡皮筋,奶奶的满头银发映入眼帘。望着眼前这一片沧桑的灰白,我的心里涌起一阵心酸:奶奶出身清苦,从小就承受起生活的艰辛,洗衣、做饭、挑水、砍柴……哪样也少不了,辛辛苦苦养育了三个孩子。现在奶奶老了,本该坐享天伦之乐,但孩子们在外奔波,奶奶又要承担起照顾孙子孙女的责任。时光荏苒，岁月蹉跎，条条皱纹无情地爬上了奶奶的脸颊，奶奶满头的青丝也变成了白发……

望着奶奶的白发，我的心里酸酸的！不知不觉间，眼眶竟有些湿润了。我情不自禁地问："奶奶，以后我们不让您操心，您的头发是不是就能变黑了？""傻孩子，奶奶老了，头发永远也不会变黑了。"奶奶轻轻抚摸着我的头，慈爱地说。

听了奶奶的话，我的心里更酸了，不知该说什么才好。我只好默默地继续给奶奶梳头。

# 听到分数的那一刻

曹照尔

没想到我竟然能考出这样的成绩，真是太出乎意料了，要不是我亲耳听见，还真不大相信呢！

我们坐在教室里，静静地听老师报着我们大考的分数，教室里静得出奇。"曹照尔，语文96.5，数学99，英语100……"

当我听到分数的那一刻——好高兴！我居然每科都考到了九十五分以上，在我们班，这就算是个不错的成绩了。不过，先前我还真是担心，以为自己会考出一难看的分数，但没想到竟然是这么好的分数，真是太高兴了，可以过一个安稳年了。想到这儿，我深深地松了一口气，原本紧绷的神经也松弛了下来。

当我听到分数的那一刻——好担心。老师说过，这还不是毕业考，只是普通的大考，真正的毕业考比这要难得多，老师也会批改得更严。可这次的考试我都觉得好难，许多题目都是我想了好久，才从脑子里搜索出来的。当时考试只剩下最后的二十分钟时，其他同学都已经检查完两遍考卷了，我却还没写完作文。铃声响起，我勉强答完了试卷，但还没检查一遍，这次大概是我运气好，才考出这样的分数。但毕业考，先别说能不能考出高分，就说时间够不够还是个疑问，我该怎么办呢？

当我听到分数的那一刻——好害怕。这是这学期最后一次考试，说明毕业考已经日渐临近。可是五年半过去了，我粗心的毛病还是缠绕在我身。粗心没改掉先不说，居然又患上了"慢性子"的"病症"。这次考试就因为这两只"大害虫"，使我在满分面前低下了头。我好害怕，若是我的老毛病再犯怎么办？

当我听到分数的那一刻——好兴奋。六年的时间感觉一晃就要过去了，虽然这次考试结束，就要和好朋友分别了，但是一想到还会有更多的新朋友等着我，我的心情就逐渐晴朗起来。

当听到分数的那一刻，我想到了许多许多……

# 那一天我发现了……

高乐炜

黑板上贴着画有黑猩猩与美女的两张画，顿时，我的嘴张成了一个"O"，脑海里闪现出一个问号，老师的葫芦里装的什么药？

"仔细看看，美女（代表人类）与黑猩猩的脸部有什么不同？"老师这一问立即引起了我们的兴趣。

要知道，猩猩是我们人类最近的亲戚，据科学家研究，猩猩的基因与人类相似，但是它的脸部跟人类相比却有很大不同。黑猩猩的额头是凹进去的，而嘴巴却是凸出来的，与美女相比，好像把额头的一块削掉贴到了下巴上。"黑猩猩的嘴巴为什么这么大，牙齿为什么如此锋利？"大家议论纷纷。黑猩猩是在野外森林里生活的，经常吃野果、树枝等硬食物。那些硬的食物让黑猩猩的牙变得锋利，嘴巴也随之变大了……

老师又说嘴巴大了，脑子就小了。这是怎么回事？原来猩猩一天中有大半天在吃东西，血液大都流到了嘴巴和胃里，所以黑猩猩的脑子发育不太好。

接着黑板上又出现了两张画，分别是大猩猩和黑猩猩的。大猩猩紧闭着嘴巴，神情严肃，像一位严厉的老师。而黑猩猩笑意盈盈，两眼发光，调皮地吐出大舌头，就像马戏团开心的小丑，逗得我们也不禁笑出声来。

老师又抛出一个个问号："为什么大猩猩如此严肃，而黑猩猩如此开心？"这下课堂沸腾起来了，大家七嘴八舌，有的说大猩猩今天挨了老师批、挨了爸妈骂，有的说是女朋友要离开它了……而黑猩猩当然是碰到了开心事。

老师这一次没有直接告诉我们，只是让我们自己寻找答案！

晚上，我带着一个个问号去查找答案。原来，大猩猩家庭关系牢固，很少外出，跟其他猩猩或动物交流不多，所以表情严肃。而黑猩猩是"社会活动家"，经常去别的动物家串门，所以表情丰富，像一个滑稽的小丑。我又突发奇想，如果人一天到晚只坐在电脑前，就有可能变成大猩猩脸了。

其实，脸部的奥秘还有很多，就等着你来探索和发现！

# 逃跑事件始末

陈王希

每个人身上都会有一些坏习惯，但有些人会努力改正自己的坏习惯，让自己更优秀。而我呢？一直以来总是对身上的一些坏习惯不以为然，我行我素。但是，前几天的一次"逃跑事件"，让我彻底改变了先前的态度。

"收作业了！"在语文课代表的再三催促下，我漫不经心地打开了作业本，当我翻开《语文大册》时，顿时傻了眼，我竟然忘记了做。我以迅雷不及掩耳之势环顾了一下四周，见没人发现我的这一举动，便把《语文大册》又偷偷塞回了书包，神不知鬼不觉地"逃"回了自己的座位。

为了不让大家看出我的破绽，我尽量让自己像往常一样，课上积极举手发言，课间与大家一起游戏玩耍。但真到坐下来写作业时，我却开始心神不定，没心情思考问题了。第五节课时，我差点儿露出马脚，好在我"诡计多端"，骗鲍小明说我全对，不需要订正，鲍小明居然丝毫没有怀疑我，使我轻而易举地躲过了这一关。可我哪里知道，同桌唐晓丽因为没看到我订正作业，认为我在偷懒，所以就上报瞿老师了。当时我并不知情，以为自己的"骗功"天衣无缝,所以晚上放学时间一到我就"开溜"了。没想到瞿老师早有准备,当她来到教室发现没我人影时,立即派出我班的"飞毛腿跟踪导弹"毛一宁飞奔到我跟前,连骗带拽地想让我回教室,他也没想到我会使出"疯牛功",结果我顺利"逃脱"了。但我自己心里明白,明天早上等待我的肯定是一场"狂风暴雨"。

果然,早上我背着书包低着脑袋刚想冲进教室蒙混过关时,就被等候多时的瞿老师拦在了教室门外,紧接着就是一顿严厉训斥。当时的我被训得泪流满面,并一再保证下不为例。瞿老师见我态度诚恳,就让我回到了座位。因为这件事,我还得到了老师对我的特别称呼——"陈跑跑"。一整天我都开心不起来,一直坐在座位上自我反省,我深刻认识到这件事确实是我不对,不做作业本来就不对,还骗老师、骗同学,放学还逃跑,伤了大家的心。

"逃跑事件"真的把我害惨了,因为我的不诚实,老师和同学都不再信任我了,每次收作业都会特别留意我有没有交,这让我的自尊心严重受伤。可这又能怪谁呢?我决定用我的实际行动去改变我在老师和同学们心目中的形象。

# 奶奶家的向日葵

林万东

奶奶家的园子本来是一片空地，奶奶觉得可惜，就把地开垦了出来，并且在那里种上了向日葵。对于奶奶在那里种的向日葵，我是不抱有任何幻想的，因为那里实在太脏太乱了，要是向日葵能在那里生长，简直就是个奇迹。

然而，这个奇迹却真实地发生了，而且就在我的眼前。几场春雨过后，那些向日葵竟然像雨后的春笋一样长了起来。它们个个昂首挺胸，生怕被谁落下似的。微风一吹，它们就开始摆动，仿佛在用这种列队的仪式欢迎你的到来。它们静静地生长着，可是我却能够听到它们生长的声音。你听，那沙沙的响声不就是它们茁壮成长的最好见证吗？每天放学后，我都会跑到园子里待上一会儿，它们仿佛很懂我的心，每次见到我都情不自禁地摇摆着身体。看来它们已经把我当作好朋友了，我心里很高兴。

没过多久，这些向日葵就开花了。它们圆圆的脑袋总是向着太阳的方向，无论太阳在哪个方向，它们都会把脸冲向太阳，这是一种怎样的执着与向往啊！向日葵的花瓣漂亮极了，周围是长长的黄色叶片，中间是密密麻麻的种子，种子周围长着小花，我每次看到它们，内心都会生出无限的希望。

　　无论风吹雨打，向日葵总是昂着那高傲的头。为了实现自己的价值，它们从来不改变自己的目标。它们的这种精神难道不值得我们学习吗？在我们的学习生活中，也会遇到一些困难，如果我们都能够像向日葵这样，那么我们离成功的距离恐怕也就不再遥远了！

　　我爱奶奶家的向日葵，这些好朋友让我懂得了很多人生道理，传递给了我不断向上的力量！

# 空中巨人

张译心

"瞧,那儿有一座桥!""嘿,多漂亮的广场啊!""对,对……"

站在世界第二高楼的顶层,我和几个同学正充满好奇地谈论着楼下的景色。

突然,一个"东西"飘飘悠悠地升到了我们左侧的窗口。那是什么?远远望去,那"东西"灰蒙蒙的。在好奇心的驱使下,我们向那扇窗户跑去。哦,我看见了,那很像一辆小车。我惊呼起来:"咦?上面还有人呢!还不止一个。一、二、三、四,一共四个人!"

站在中间的那个人正忙着擦玻璃。他身穿蓝色制服,头顶一个脸盆大小的黄色安全帽,额头上密布着汗珠。

他皮肤黝黑,看起来像个非洲人。这几天天气又闷又热,阳光火辣辣的,不晒黑才怪呢!啊!他发现我们了,正在向我们招手呢!我们几个"狗仔"一同把耳朵靠在玻璃上,试图听到他的声音。可这儿的隔音效果太好了,即使你叫破喉咙也是白搭。

我抬起头来,"怦——",我的心抖了一下。天啊!映衬着他们的只有蓝天，刚才我只顾着听声音了，根本没注意到他们是在这样一个危险的环境下工作。我想：我们站在楼里都不太敢看下面，实在太高了，心里总是有些害怕，更何况他们呢？这些工人的脚下就是大马路，头顶上面就是蓝天，如果打一个盹儿说不准就会掉下去，这太危险了！

旁边一个小婴儿嘴里呼出的热气浮在玻璃上，工人们以为是灰尘，便向那边移动过去。可到了眼前，气雾就消失了。他们可真是细心。

看着这几乎没有一丝尘埃的明净的大楼玻璃，再看着那几个忙碌的工人，我心里顿时涌起一阵敬意。是他们，使这座世界第二高楼保持着干净、整洁，让我们的视线更宽广、更清澈，然而他们的工作环境又那么危险……

我们平时遇到的这些工人，他们衣着平凡，甚至破旧，带着浓郁的民工特征，几个人围坐在一起吃着简单的饭菜，生活条件很艰苦。他们不论刮风下雨、严寒酷暑都会走上自己的工作岗位，坚守着自己的职责，真是太了不起了！

我再看窗外的清洁工人，刹那，他们的身影高大起来，就像一个个魁梧的空中巨人，镇定、勇敢。

家乡的古驿道

轻轻说声我爱你

# 家有"总管"

翁俊杰

我家啊,以前乱七八糟的,都是我这个捣蛋鬼造成的。大人们束手无策,但又不能让我这么继续捣乱,只好开了个秘密会议,设置了"四大总管"来管教我。

### 爸爸:"教育总管"

说起最难对付的"总管",那要属"教育总管"——爸爸了。众所周知,一般都是由妈妈唠叨,可现在,我妈竟"辞职"不干了,换爸爸上。从此,我就像那受命的孙悟空,整天被唐僧折腾得不知东西南北了。

有一次,爸爸要出差几天,其他人也有事要做。我心想:"哈哈!终于解放了,可以大玩一场喽!"

我正盘算着这个周末怎么过,是先看电视,还是先玩电脑……爸爸又千叮咛万嘱咐:"看电视不要看太久,作业赶紧做完……"

我应了一声:"嗯!你赶快走吧。"

说完,爸爸便走了。我以飞一般的速度打开电视,正寻找可以看的频道,突然,门"咔"一声打开了,我被"抓"了个正着。

"我一走你就看电视,小心眼睛看坏了!"

我哑口无言。

"孩子,乖一点儿,周末可以玩耍,但是要等你作业做完再玩……"爸爸又开始念起了"紧箍咒"。

唉,这个"教育总管"可真厉害啊!

## 奶奶:"生活总管"

奶奶可谓是"新官上任三把火"。第一把火就烧在了看电视上:全家每人最晚看电视不能超过晚上九点,特别是我。第二把火烧在了我的零用钱上,害得我每个月的零用钱都化成了泡影。前两把火我还可以忍住,第三把火却烧在我的"小宝箱"里。"小宝箱"里装满了我爱吃的美味。现在,"小宝箱"里的食物都"不翼而飞"了,只留下几颗糖。我曾向爸妈投诉过,强烈要求保护儿童的饮食权益,可是,他们竟不闻不问,漠不关心,反而讲了许多零食的副作用。唉——

## 爷爷:"公共关系总管"

我的爷爷虽然年过六旬,但不糊涂,还当上了"公共关系总管"——这可是有实权的官哪!

有一次,我作业做完了,接受爷爷的检查。爷爷找到了七个错误，叫我改正。那时，我看电视正看得出神，一点儿也不愿挪动位子。爷爷就把这事告到了"教育总管"那儿。爸爸拿着"十八般兵器"痛打我。看来，也不能轻视"公共关系总管"啊。

### 妈妈："财务总管"

这位"财务总管"心里放着个算盘。有一次，我和爸爸出去大吃一顿，花了一百多元，回来就被老妈臭骂一顿，她教训我们过日子要节俭。我的每一项开支都要事先向她申请，事后必须汇报。曾有一次，我做了"假账"（就超支1.7元）被她查出，她竟然在全体成员面前"通报批评"我，还说什么"警告处分"。你说，这位"财务总管"是不是太缺乏人情味，太抠啦？这是要当"守财奴"吗？

说来也奇怪，虽然总管们个个厉害，可我在家里健康成长，还获得了"四好少年"的称号。我想：这个荣誉有"四大总管"的功劳。

# 我的妈妈爱"撒谎"

宋正琪

我有一个好妈妈，但是她有个最大的"缺点"——爱"撒谎"。

妈妈是个孝顺的人，每次回外婆家总是大包小包的，外婆每次看到都会数落妈妈："花这么多钱买东西，不如给孩子攒起来，将来孩子上学也不用愁钱。"妈妈每次都点点头，但下次照带不误。

一次，我和爸妈去逛超市，妈妈看中一件漂亮的上衣，准备买给外婆穿，一看价格，一百八十八元，当时有点儿吃惊，但还是买了下来。

来到外婆家，我迫不及待地把这件衣服拿给外婆。外婆一直想要这种深颜色的上衣，试了一下，高兴得合不拢嘴，站在镜子面前，左照照右瞧瞧，问了一句："这衣服很贵吧？"我刚想说："一百……"妈妈踩了我一下，急忙说："不贵不贵，原价一百八十八的衣服现在搞活动，只花了八十八元。"我一听，愣住了，哪来的活动？而且购物小票上也没写这件衣服八十八元呀！外婆高兴地说："真是物美价廉呀！"

回到家，妈妈向我解释："外婆是一个十分节俭的人，一听这么贵的衣服，她绝对不会要的，在老人家面前，只能这么说。"听了妈妈的话我半信半疑地点了点头。

　　还有一次，期中考试结束了，我考得不太理想，心里很难受。开完家长会后，我想妈妈回来肯定会责骂我，可妈妈回来后却说："老师说你最近表现非常好，学习很主动，只是考试时可能过于紧张没有发挥好，希望你能在学习时放松心态，认真一点儿就会取得更好的成绩。"我心里暗暗发誓，一定要考出好成绩，不让妈妈失望。

　　期末考试结束后，我如愿以偿，考得非常好。老师对我说："这次考得不错，上一次，我还在你妈妈面前批评了你……"我这才知道，原来妈妈上次又"撒谎"了。

　　爱"撒谎"的妈妈，还在继续"撒谎"，但我却越来越爱她！

# 唉，老爸！

曹　前

我的爸爸年纪已近四十，也不算小了，可是，他还常常像小孩儿一样。

## 一、贪玩

这天，我正在客厅看书，突然，老爸从房间杀出："走，出去玩啊！"我不大乐意："我看得正入迷呢，要玩你自己玩去。""劳逸结合，懂不懂？不然就成书呆子了。"没等我把书放好，老爸就把我拉了出去。到了公园，他神秘地掏出了一把弹弓，说："瞧瞧，这是我特意为你制作的新式武器。"然后又掏出一把不知是什么植物的果实，说："看看，像不像子弹？来，试试，把那片树叶射下来。"我兴致勃勃地接过"武器"便开始射击，还没射几发，老爸就说："你眼力不行，来瞧瞧我的。"我还来不及反对，他已一把抢过去眯着眼连射两发，接着，他边走边射边嘀咕："中了！射中了！""哎呀，差一点儿！""再来一次！"他只顾自己玩，把我的牢骚和不满全都抛在了脑后，直到我威胁他："再不给我玩，我回家了。"他才不情不愿地交出弹弓。

## 二、贪吃

星期六，我在"解决"家庭作业，老妈在厨房，老爸一人踱到东，踱到西。我终于忍不住了："老爸，你走来走去的，是锻炼身体哪，晃得我眼睛都花了。"老爸一听，乐了："呵呵，终于有人和我说话了，家里没有零食了，走，出去采购一点儿。"说完，竟置我神圣的作业于不顾，直接把我拉上了他的车。到了超市，老爸就开始马不停蹄地进行搬运工作，半小时不到，我一看购物车，天哪，哪里是采购一点儿啊，根本就是一车子。不过，千万别担心吃不完。老爸肚子大，胃口也大，最大的优点是绝对不挑食，每回吃东西，先要叮嘱我和妈："好吃就多吃点儿，不好吃，给我，别扔！"用他的至理名言来说就是：节约不强求，浪费却可耻。结果，家里好吃的基本都进了我和妈妈的肚子，我们不想吃的都进了他那个大肚"收容站"。

## 三、马虎

听到我被评为"星港之星"，爷爷特意给我买了一架玩具直升机作为奖励。看见一个这么好的玩具，老爸怎么会放过？这不，星期天一到，老爸就拉着我到小公园玩直升机，美其名曰：为了我的身心健康，学习休闲两不误。控制遥控器时，他用力过头了，不小心把直升机撞上了树，旋翼掉了下来。我说："这下可好了，三百多元的直升机，十几分钟就玩完了。"老爸看了一下，拍着胸脯说："放心，你老爸我有本事弄坏，就有本事修好，等着……"他倒是说到做到，立刻回家找来工具，叮叮当当地修了起来，也许是修得太快了，旋翼装反了都没有发现，我急忙提醒他，他却不以为然。结果呢，直升机装好后，一点儿都不听号令，东突西撞，又撞上了树，来了个粉身碎骨。这下，他心悦诚服了，一脸诚恳地检讨道："唉，不听儿子言，吃亏在眼前。"

唉，这就是我的老爸，让我啼笑皆非的老爸。可是，你知道吗？他很爱很爱我和妈妈。而且，我和妈妈也很爱很爱他。

# 姥姥的手

方礼蕊

从我懂事起，我就知道姥姥的手很粗糙。当姥姥用粗糙的手抚摸我的小脸时，我总是不自觉地躲闪着，姥姥虽然嘴上没说什么，但我能感觉到她心里很难受。

有一次，我到姥姥家玩，看见姥姥正准备到地里干活，我好奇心一起，就高兴地对姥姥说："姥姥，我和你一起去吧，正好有个伴儿。"姥姥爽快地答应了。我们拿着锄头、菜籽、洒水桶，全副武装地出发了。来到地里，姥姥先用锄头把地掏出沟，然后在地上挖一个小坑，熟练地把种子撒进去，再用锄头弄点儿土把种子盖起来，让它发芽。我在旁边呆呆地望着，心里很惊讶。"你也来试试吧！"姥姥和蔼地对我说。我很好奇，拿着锄头照着姥姥的样子做着，可"看时容易做时难"，我一会儿掏沟却忘记撒种，一会儿撒种却忘记盖土，搞得手忙脚乱。再看看姥姥，有条不紊地干着。我知道，在姥姥的精心照料下，庄稼会一天天地茁壮成长。现在，我对姥姥粗糙的双手不禁有些敬佩起来！

姥姥的双手不仅能种出好庄稼，而且还能绣出漂亮的绣画。

姥姥家里挂着许多绣画，漂亮极了。姥姥心灵手巧，绣画非常快。一次，我故意刁难姥姥，让她只用一种线绣出一幅画。姥姥立刻动起手来，两手不停地上下，指挥着针。没过几天，一幅画就完成了：一棵郁郁葱葱的大树，上面有许多小鸟，有的好像在枝头唱歌，有的仿佛在呼唤同伴，好一幅温馨和谐的画。我看了不禁拍案叫绝。我特别羡慕，也想学，可总是笨手笨脚的，即使在姥姥手把手的教授下，也还是绣得乱七八糟。姥姥经常独自在灯光下绣画，绣什么像什么，栩栩如生。没事时，她就坐在院子里绣花，绣盛开的牡丹、出淤泥而不染的莲花、娇嫩纤弱的蔷薇花……

　　姥姥的手粗糙又灵巧，虽然我现在离开了老家，但姥姥的手却一直留在我的梦境中。

# 一份珍贵的礼物

王子信

爸爸妈妈每年过年都会送我一份礼物。今年我收到了一份特殊的礼物。

新年第一天,我们一家来到了一个巨大的立式转盘前,爸爸指着这个庞然大物说:"这就是我们要到的地方——世界上最高的摩天轮,今天我们就一起去体会一下做飞人的感觉……"我一听,立刻慌起来,连忙对爸爸说:"你们都知道我有恐高症。我就不上去了……"经过爸爸妈妈轮番的开导和鼓励,我才勉强答应和他们一起踏进了摩天轮的座舱。

摩天轮高一百六十五米,既然逃不过,我就只好硬着头皮受折磨了。一上座舱,我便找了一个最中心的座位坐下来,不敢说话。座舱启动了,一点点往上移动。我的心一阵比一阵紧,腿开始抽颤,手使劲儿抓住座椅……同舱的小哥哥小姐姐们都在座舱里走来走去,还不停地摆出各种造型拍照,唯独我一个人坐着一动不动。爸爸显得很轻松,靠着座舱壁对我说:"你看,远处的风景多美啊。"我朝远处看去,阳光照射下,整个城市像刚用蜡笔画出来的,又像打开的电子游戏机:马路像一个巨大的赛车场,汽车飞速滑行;高楼一片接着一片,像一堆一堆望不到头的彩色积木;那些高大建筑统统都变得渺小了,顿时让我有了一种蜘蛛侠穿越城市的感觉。我再朝海上望去,圣淘沙岛绿油油的,离得很近;海上的船只一闪一闪,像飘在天上的风筝。爸爸接着问:"远处有两座小岛,一个是印度尼西亚,一个是马来西亚。你能识别出它们吗?"我瞪大眼睛使劲儿看了看说:"左边是马来西亚的,右边是印度尼西亚的。呃,不对……"这时爸爸突然冲我喊了一声:"孩子,摆个造型。"呀,我这才发现自己不知不觉已经离开了座位,站在了座舱里!爸爸拍了拍我的肩膀说:"孩子,我早知道你能行。"

我带着前所未有的兴奋劲儿走下了摩天轮,突然想起新年礼物的事。爸爸看出了我的心事,说:"孩子,你该得的礼物你已经得到了!"原来,克服恐高的毛病就是我得到的最珍贵的礼物。

## 当水果之王遇上吃货之家

罗雨墨

"大吃货"爸爸两天前就宣称：为了迎接远道而来的大姨一家，会带一个神奇的水果回来。此话一出，我翘首企盼了两天，终于，期待已久的门铃声响起了……一开门，好强烈的视觉冲击啊！满头大汗的爸爸扛着一个大麻袋出现在门前。这大麻袋一进门，只听到和我一同前来迎接爸爸的大姨一声"哀号"："好臭啊！"咦，大麻袋真的散发着阵阵奇特的味道呢！不过，我并没有觉得臭，反而感觉到一种甜滋滋的清香。这样一来，我越发对这个大麻袋充满了兴趣。于是，我赶紧帮着爸爸把麻袋卸下来，不由分说，一把扯开了绑在麻袋上的绳子，只见一个又绿又黄又黑的大圆球带着浓重的异香滚了出来，这是什么"鬼"东西啊！很重吗？我上前使劲儿一抱……啊！扎死人啦！这东西原来还满身长刺，是水果刺猬吗？在一旁擦汗的爸爸笑呵呵地看着我说："宝贝，这就是热带水果之王——木菠萝。"什么？就这玩意儿还是水果之王？

带着疑问，我冲进房间马上进入侦探角色，无论如何得先查出它的底细啊！哦……别说，还真是！它不仅是水果之王，还是世界上最重的水果呢！它又称波罗蜜，那和菠萝是"远亲"还是"近邻"呢？再查查看……答案都不是，它们除了名字和"刺"差不多外，完全就是两种不同的水果，菠萝贴着地面长，木菠萝长在树上。这玩意儿要是从树上掉下来，下面的人可得注意啦！我就抱一下都快被扎死了，要是砸在头上……

在我奋力追查"真相"的时候，外面已经开始"磨刀霍霍"了，我收拾好"残局"赶紧冲出去，生怕错过"开吃大典"。出去一看，好大的阵仗啊！"大刺猬"已经在"供台"上摆好，客厅木地板上铺满了报纸，大碟小碟也放了一地，一个小碟上还装满了金黄的香油。只见爸爸右手举刀，左手把香油往刀上细细地抹了一遍后，油光四溢的菜刀划过一道香艳的弧线，木菠罗华丽丽地裂成了两瓣。我凑前一看，嘿！原来这家伙外表丑陋内在美啊！它的果实竟然像花瓣一样从中心散开，金灿灿香喷喷的。可是，没等我多欣赏片刻，爸爸一通乱刀，木菠罗顷刻间花容俱毁，彻底被开膛破肚了。我还在埋怨爸爸辣手摧花呢，身边的各位已经往手上抹上香油，直杀乱阵了。爸爸说："赶紧动手吧，不下狠手果实会被裹住，你们取不出来的。记住抹点儿香油，不然你会满手黏液，洗都洗不掉的。"好吧，我闭嘴，在美味面前，嘴巴是不应该用来说话的！

我迅速加入战团，第一个吃到的还是老爸，两下一个，挑好、摘下、去核、进口，熟练极了！真让我怒火中烧啊，看来这位同志都不知道偷偷地避着我吃过多少回了！来不及生气了，抢吧！太甜了！太好吃了！爸爸完成一个，我随手就抢下一个，哈哈，太爽啦！再看看周围的同志们：妈妈最地道，摘下来的大多都装袋子里，准备给大姨带回去；外婆最斯文，慢吞吞的，半天弄不好一个；外公最狼狈，偷懒没抹香油，一手全是黏液；刚才还在说臭的大姨最能吃。妈呀！她真是埋头"苦"吃啊，自己扒的全吃了不算，大家扒好觉得甜的还分给她，实在等不及了她就直接从扒好的碟子里取……哈哈哈！好吃好吃！我要和大姨比吃！

　　木菠罗很甜！木菠罗留给我的记忆也很甜！

# 换装大作战

沂　凝

今天，我和妹妹玩起了换装游戏，不是电脑游戏，而是货真价实的换装。

## 第一关　主题：职业风

评委：妈妈。

妹妹搭配：妹妹穿的是一件闪闪发亮的护士装。可是妹妹一穿上，那个气质就显示出来了，特别优雅。

我的搭配：我很紧张，从衣服堆里挑出一件芭蕾舞服。就这样战战兢兢地走上了台。"阿嚏——"舞服太薄了，我打了一个大喷嚏。

走秀：妹妹初生牛犊不怕虎，一马当先，自信地在舞台上走秀。而我呢，脸色太过苍白（因为我很冷），还不停地发抖，我一咬牙，走上"舞台"。走着走着，我突然自信起来，大步向前走。

结果：我竟因为那一咬牙，战胜了自己，战胜了妹妹，我赢了！耶——

## 第二关　主题：中国风

评委：姨妈。

妹妹搭配：妹妹这次精挑细选，找出了一件唐装，高贵极了。美中不足的是，唐装是去年冬天买的，里面有棉，很热。你看，妹妹才穿上衣服几分钟，额头就开始冒汗了。

我的搭配：我从衣柜里找到了一件旗袍。旗袍在很久以前就有了，可以被称为中国风的代表。穿这个一定不会错吧？我挑了一件亮黄色的，上面有蝴蝶、花的图案，镶嵌着水钻，漂亮极了。沂凝加油！

走秀：妹妹经过了上次的失败，再接再厉，那完美的走姿让我们啧啧称赞。而我经历了一次胜利，不禁有些飘飘然，心不在焉。

结果：我"华丽丽"地败下了阵。

## 第三关　主题：配饰大比拼

评委：姨妈和妈妈

妹妹搭配：妹妹从容地拿出一把折扇，暗暗得意。我本想拿团扇的，可妹妹选择了折扇，扇对扇可不太好玩。妹妹见我皱着眉，调皮地笑了。

我的搭配：我思索了一阵，想起了一件在古代与折扇平起平坐的东西——手绢。我马上找出一条以蓝色为底调，上面绣着牡丹的手绢，长长地舒了一口气。

走秀：妹妹一鼓作气，自信、大方地走着，那大家闺秀的气质让评委们交头接耳，露出十分满意的表情。我呢，吸取了教训，甩着小手绢，一步一摇地走着，文艺范儿十足。评委们纷纷点赞。

结果：我们姐妹两个，平分秋色，谁也不让谁。平局！在这一瞬间，我和妹妹凝重的表情慢慢舒展开来，露出了舒心的微笑。

## 爸爸，别吸烟了

徐　可

  我的爸爸很幽默，很开朗，但是有一个毛病：爱吸烟。

  有一次，我正在专心致志地写作业，忽然闻到一股烟味儿。我气急败坏地冲出房间，对正在阳台上吸烟的爸爸说："老爸——你在干什么？！"我那毛骨悚然的声音把老爸吓了一跳，老爸赶紧说："我……我爱大自然，正在为大自然造云呢！"我不禁在心里冷笑一声：爸爸呀爸爸，我不是在开玩笑，您一直吸烟，会伤害身体的。想到这里，我一边猛扑过去抢爸爸的烟，一边大声喊道："吸烟有害健康，快把烟给我！"爸爸吓了一跳，慌忙高高举起烟，说："我会把烟扔掉的，你别抢，小心烫着你！"没有抢到烟，我气哼哼地望着老爸，老爸讨好地说："好好好，我马上扔，你去写作业去吧！"我心想：我才不去呢，作业难道比您的生命更重要吗？我——不——去！老爸见我不依不饶，又恳求说："哎呀，求求你了，你去写作业吧，我就抽完这一支。"我听了，才闷闷不乐地走了。

  过了一会儿，我去看爸爸，什么？竟然又点上了一支烟，正准备抽呢！我迅速扑上去，心里的怒火熊熊燃烧着：抽了一支又一支，还有完没完了！我的动作快而生猛，像一只速度如闪电的猎豹，一下子把烟抢了过来，说："喂喂喂，您答应过我什么？"爸爸尴尬地笑笑，说："对呀对呀，这就是我刚才抽的那一支，没抽完……"我听了"哈哈哈"地仰天大笑，乘机把一整包烟都抢走，扔进垃圾桶。

　　吃完晚饭，老爸又要去抽烟。我连忙拦住爸爸，说："不准抽烟！"爸爸支支吾吾地说："我……没有……""那请问：您耳朵上那根烟是怎么回事呀？"我那毛骨悚然的声音再次响起，看着我坚定不移的眼神，爸爸只好乖乖地把烟拿下来交给我。我高兴极了，趾高气扬地拿着我的"战利品"走了。

　　老爸呀老爸，请您不要再抽烟了！吸烟有害健康呀！

# 我 与 壁 虎

施佳颖

"啊,壁虎!"我害怕地尖叫起来。三只壁虎紧紧地贴在书房的墙壁上,那黑乎乎的身子、黑乎乎的眼睛和黑乎乎的尾巴,吓得我毛骨悚然。

我赶紧退后三尺,为了壮胆,我轻轻地哼起了《好汉歌》,可还没哼到一半,就已经被吓得躲进了角落。我天生就怕这种黑不溜秋的东西,真怕此刻它们会突然掉在我的头顶上。

"哎呀,天哪!"那只最大的壁虎似乎也发现了躲在角落里的我。它连忙向另外两只壁虎发出"命令",只见它们"三剑客"立即掉转身子聚集起来,摆出阵势,它们那咄咄逼人的架势像是要把我吞下去似的。

我吓得不知所措,连大气也不敢出。哼!与其坐以待毙,不如进行反攻。我抓起桌上的空牛奶盒,朝壁虎狠狠地扔去。它们见大势不妙,立即兵分两路来到了天花板上,谁知那只最小的壁虎由于逃得太快,竟然"骨碌碌"从天花板上掉了下来。"近了,近了,它要过来了!"我哆哆嗦嗦地随手拿起一根鸡毛掸子"狂舞"一番。好汉不吃眼前亏,那只壁虎一个转身飞快地逃到墙壁上去了，我拿起鸡毛掸子向壁虎扔去，可惜它跑得太快了，我没打着。

　　这下，我兴致来了，也不再怕壁虎了。我紧盯着那只最大最肥的壁虎，操起妈妈平时掸角落蜘蛛网的大扫帚，对准它们就是一阵乱扫。嘿，三只壁虎还没来得及反应过来，就成了我的"刀"下"亡魂"。当我正得意的时候，妈妈冲了上来，抢过我手中的大扫帚，呵斥道："你在搞什么鬼？壁虎吃害虫，你不知道吗？快把屋子打扫干净！"

　　这时，从簸箕里传来了一阵嘲笑声。啊，难道是壁虎在嘲笑我？可没办法，大将军我放你们一马，谁让保护"益虫"，人人有责呢！

# 门后的世界

邱智洋

星期天,我正在屋后学鸟叫,"砰",一扇木门突然降落到我面前,我被吓得一激灵。

我小心翼翼地挪步上前,只见门上清楚地写着:"打开这扇门,你能去到任何地方。"我惊得张大嘴巴:世上真有这等好事?会不会是场骗局?……

最终,强烈的好奇心战胜了一切顾虑。拿定主意的我用手抓牢门把手,猛地一拉,门开了,里面射出万丈光芒,让人一时睁不开眼。"啊,怎么回事?"我用手挡住光,慢慢走进去。门后是一片密林,脚下是一块象形石。待我进入密林深处,才察觉自己背了一个大包,里面的物品一应俱全:干粮、望远镜、水壶、地图和指南针……我展开地图想确定自己的位置,结果大吃一惊——那扇神奇的门真的把我送到了我梦寐以求的南美热带雨林。

此时,门又一次出现,这回,门上的话变成:"如果你想放弃这次冒险,就请按响门铃,它会把你安全送回家。""我邱智洋是那种胆小怕事的人吗?"就这样,我开始了一段丛林探险之旅。

　　我边走边哼着小调儿，奇怪，附近好像有人在"敲鼓"？我左右看看，上下瞧瞧，哎，原来是自己的肚子在咕咕叫！于是，我挑了一块光滑的石头坐下，啃起了干粮。饿的时候，吃什么都香！这时，一个身影神不知鬼不觉地走到我背后。它先推推我，我厌烦地说："别闹！"它干脆把"手"搭在我肩上。我转过脑袋，真是"不看不知道，一看吓一跳"，是美洲豹！千不挑，万不挑，偏偏挑在了美洲豹的家门口，这不是自投罗网吗？

　　强烈的求生本能促使我拼命狂奔。前面刚好有棵大树，我使出吃奶的劲儿，竟然像猴子似的攀了上去。狗急跳墙，人急爬树，我暂时逃过了一劫。可那头美洲豹一直在树底下转悠，生死关头，我灵机一动，把背包里的干粮扔过它的头顶，抛得远远的，然后我从另一边溜到树下。我本想调"豹"离山，趁它吃东西的时候悄无声息地逃走，却不承想它死追着我不放……我都快跑吐血啦，它还不肯放过我！最后我实在是迈不动步了，只能倚靠着一块巨石"听天由命"！

　　万万没想到，它逼近我之后，叼起我的衣服用力一甩……我一睁眼，啊，我竟然骑到了它背上……刹那间，有个念头一闪而过：是不是它有求于我？查看之后，我果然在它的尾椎处发现了一根大刺，那刺深深地扎进了它的肉里。原来它是来"请我帮忙"的，不早说，吓死我了！接着，我鼓起勇气，两手握紧大刺一拔，耶，一次成功！美洲豹低吼了几声后，俯下头颅，让我顺利地滑落到地面，接着它蹭蹭我的腿，表示友好。

　　经过刚才这番折腾，我的肚子又"唱歌"了。那美洲豹好像通人性，再次叼起我的衣服，稳稳地把我甩到背上。第二次上豹背，我的心跳得没那么厉害了，我倒有种威风八面的感觉。一阵飞奔，我们来到一棵大苹果树下。我俩"心有灵犀一点通"，它是带我来填饱肚子的。有福同享，爬上树，我也摘了一些苹果抛给它："暗影，接着……等会儿，暗影？对，这名儿好听！"暗影深情地望着我，似乎很满意它的新名字。

　　就在我兴奋地呼唤暗影时，那门再次从天而降。门说："游戏结束，你该回家了！"可我舍不得暗影："暗影，我还会回来看你的！"暗影舔舔我的手掌，好像也不愿和我分离……

　　"儿子，你抱我的腿干什么？"睁开眼，我看到老爸写满疑惑的脸……

# 中 秋 赏 月

苏小雅

听着稀疏的蝉鸣声，坐着小板凳，望着皎洁迷人的"白玉盘"，这真是世界上最幸福的事情了。

月亮探出头来了，她用那纯洁的月辉抚摸着大地，一切都变得梦幻无比。我看得入迷，不知不觉中接受了嫦娥姐姐的邀请，来到广寒宫做客。嫦娥姐姐把我带到一个小亭子里，向我诉说她心中的寂寞和凄凉。她说，她每天只能以歌为友，与舞为伴。说到这儿，我不禁想起了李商隐的诗句："嫦娥应悔偷灵药，碧海青天夜夜心。"我体会到了嫦娥姐姐的孤寂，牵起了她的手，抱起了可爱的玉兔，我们一起嬉戏在云间。

快乐的时光总是短暂的，在妈妈的"河东狮吼"下，我恋恋不舍地离开了广寒宫，回到了现实世界。这时，妈妈早已把各式月饼、各种佳肴摆在月下，祈求神通广大的月亮仙人，保佑我们一家人平平安安、幸福美满！

我重新坐在小凳上，注视着清凉如水的月亮，她时而像个饱经风霜的老人，不紧不慢地梳理着白花花的月光；时而像个含羞的少女，露出娇美的容颜。她一会儿躲进云间，一会儿撩开面纱。随着时间的推移，她时而像一朵白色的梨花，宁静地点缀在蓝丝绸上；时而又像明亮的大灯球，为深夜戍守的战士送去光亮。

此时的月亮，把大地照得一片雪白，树木、房屋、街道，都像镀上了一层水银似的。院子里的一切也都因月亮变得更加可爱。高大的杏树，昂首挺胸，在月亮的笼罩下，变得更加骄傲。绿茵茵的小草，抬头看着遥不可及的月亮，感受着不同寻常的月光，露出了甜蜜的微笑。绚丽多彩的花儿，最大的愿望就是可以把这皎洁的月光亲自触摸，好好珍藏。一阵微风吹来，小草小花摇曳着身体，仿佛在说："你好，美丽的月亮公主，你散发着你那绝无仅有的光芒，是邀请我和你一起唱歌吗？你露出你那圆滚滚的身子，是邀我和你一起舞蹈吗？如果是这样，我一定会毫不犹豫地答应你！"我沉浸在甜蜜的幻想中。

"人有悲欢离合，月有阴晴圆缺，此事古难全。"但愿所有的人都能快快乐乐，活出最精彩的自己，但愿家家户户都团团圆圆、平平安安！

# 狂猫夜斗

严林琦

狂风，肆无忌惮，像刀刃一样凌厉。哀鸣，撕心裂肺，如利剑一样灼心。佝偻的背影在草垛旁显得有些单薄。任风荡起水面，泛起涟漪。

倏地，虎子跳到青砖顶上，匍匐在一块长满青苔的瓦砖上，深沉的绿眸子里黑色瞳仁成了一根锋利的针，它凝视着墙根枯草丛中矫健的飞影。突然，呼呼作响的风声中传来一阵尖锐的嘶叫，全身墨色的黑豹一跃，落到了虎子对面的石砖上，震得几片瓦摇摇欲坠，发出"哐当，哐当"的清脆响声。它的眼睑绯红，嘴里发出呜呜声，让人头皮发痒，像是在示威。

虎子"呼哧，呼哧"地发出低吼，露出了尖锐的獠牙，牙龈有些涨得发红，胡子根根笔直，在风中临危不惧，折射出浅浅的银光；汗毛陡然竖起，随着它的低吼，一张一合，极富节奏感地耸立在皮肤上。

虎子在下，黑豹在上。虎子往前几不可见地挪了几步，黑豹往后退了几步，站上了风口浪尖。它将原先隆起的背脊缩了回去。桃树枝丫顾盼生姿地滑动，遮住了黑豹恐怖的脸，神秘，几乎不可触摸。

　　一个抽搐，虎子的目光变得凶狠，仿佛要将黑豹撕碎。虎子一个箭步冲去，挥舞起前爪，新月一般的利爪展露出来，撕裂了风声，划破了空气，直至黑豹小腹。它的尾巴也竖了起来，在瓦砖上横扫过去，向黑豹的四爪扫去。它的嘴张开，细长的舌头宛如爬行的蛇，掠过黑豹，环住树丫的尾端。黑豹一个激灵躲了过去，有些吃痛地发颤，几片碎瓦掉到了地上，引得"啪啪"两声响。

　　黑豹反击，身体扭曲在半空中，腋下温暖的绒毛触碰到冰冷的空气，发出细碎响声，染上了寒意。虎子猝不及防，背脊上的毛被抓掉了一撮，它抽搐了几下，目光一滞，脚下一滑，滚了下去。

　　黑豹乘胜追击，扎了个猛子往下钻，往虎子身上撞去。它的嘴角不自觉地往上扬，眼里也染上了笑意，一抹靓丽的讽笑，脚下徐徐生风。

　　虎子有些挣扎，露出了最后一根爪，断爪。凶光收敛，黑豹的眸子猛然收紧，咽呜一声，大局已定，大势已去。

　　风还在吹，桃树枝还在风中飘荡。

# 壮观的龙卷"蜂"

李文卓

你见过龙卷"蜂"的奇观吗？我见过一次。田里整齐地摆放着几十个蜂箱，蜜蜂正忙进忙出地采着油菜花蜜。我举目远眺，欣赏着那一片金黄的花海。突然，一阵阵"嗡嗡嗡嗡"的声音铺天盖地般地响起来。我抬头一看，一群群蜜蜂发疯似的从蜂箱里涌出来，漫天飞舞，渐渐汇成一个不断扩大的龙卷"蜂"，蜂潮黑压压一大片，遮天蔽日。它们在空中不断地盘旋、飞舞，似乎找到了什么东西，那黑压压的龙卷"蜂"便以"黑云压城城欲摧"之势向一棵树冲了过去。我们都被这阵势吸引住了，但不明白蜜蜂为什么突然发狂。

这时，陪我们同去的养蜂专家为我们解开了疑惑。这是蜜蜂的"自然分家"现象，因为新一代蜂王要出王胎了，一个蜂箱不能容纳两只蜂王。为了避免老蜂王带着众多的"人马"迁到野外去，白白造成损失，养蜂人眼疾手快地从蜂箱里把老蜂王抓住，关在小盒子里，塞进草帽，挂在树上。工蜂嗅到了老蜂王发出的气味，就一股脑儿往外飞，追随蜂王而去，才刮起了这壮观的龙卷"蜂"。十几分钟后，"嗡嗡"的声音小了点儿，龙卷"蜂"

也没那么猛烈了。在好奇心的驱使下,我顶着漫天飞舞的蜜蜂,冒着随时被蜇的危险,向那棵挂着帽子的树小心翼翼地靠拢。我悄悄地蹲下去,抬头一看,惊讶地发现才一会儿工夫,帽子底下就密密麻麻地聚集了一个足球一般大的蜂球。当我想再走近一点点时,一阵刺痛从手指尖传来,原来一只暴脾气的蜜蜂狠狠地"亲吻"了一下我的手指,我"哇哇"大叫,急忙后退。

　　妈妈帮我拔出了蜜蜂的针,还给我讲了小时候看外公捉回"出走"的蜜蜂的事。以前,外公家也养过蜜蜂。一次,大人们不在家,老蜂王带着它的一部分"人马"飞到屋对面的山上去了。妈妈悄悄地跟踪,记住了蜜蜂"安营扎寨"的那棵树,等外公回来后告诉了他。外公不慌不忙,等天快黑的时候,搬着空蜂箱,拿着几炷香悄悄爬上那棵树,把蜂箱搁在蜂巢旁边的树杈上,在另一边点燃香火,慢慢用香火把蜜蜂逼进蜂箱。后来外公把"出走"的蜜蜂"捉拿"回家了,还奖了妈妈一些蜂蜜吃。妈妈回忆起吃到外公奖励的蜂蜜时,脸上还洋溢着甜蜜的笑容。

　　回家时,我的心久久不能平静,那是蜜蜂带给我的震撼。小小的蜜蜂因为强大的凝聚力引发了这壮观的龙卷"蜂",那人类呢?

# 月儿的旅行

饶蓉蓉

月儿是只白色的兔子,它可是只很神奇的兔子呢!看上去,它一身雪白色的毛,一双大大的红眼睛,很符合兔子的特征。但是每隔那么五六天,月儿就会不安分地到公园里的小林子中去一趟。我作为它的好朋友,自然按捺不住好奇心,就悄悄地跟着它也去到了那里。

这片小林子平时很少有人来,总是静静的。今天,却显得格外有生机:随风飘荡的柳絮,随意洒落的花瓣,就像传说中的秘密花园。可月儿却浑然不顾,无心欣赏美景。花园正中央有一棵枝繁叶茂的大树,这棵树并不是很高,但是非常粗壮,树干底部有一个很大的树洞。月儿一下子钻进了树洞里,我也跟了进去。树洞很长,我好像有穿越隧道的梦幻感觉。

终于到了树洞那一头,我眼前豁然开朗。这是一个蓝得奇怪的湖,那是一种深邃的蓝色。湖畔生长着蓝色的三瓣花,被风吹起的花瓣旋转着,无声地落在静静的湖面上。扇动着淡蓝色半透明翅膀的花精灵在空中"咯咯"地欢笑着,飞舞嬉戏,在湖面上投射下它们美丽优雅的倩影。

月儿的嘴里多了个东西，我依稀能看出是一本图册，图册上的画闪闪发光。月儿奔跑的速度加快了，我也跟着飞快地跑。再次停下来时，我们来到了一片大森林，参天的大树、巨大的植物，顿时，我觉得自己是那么小、那么小。

　　再次追着月儿奔跑，我又看到了美丽的天空，苍穹下有绿色的山坡和橙色的城堡，金色的秋风在我身旁穿梭。走进城堡，原来这是一座胡萝卜城！月儿兴奋地和城堡里的居民打起招呼，它们都是活蹦乱跳的兔子，原来这里才是月儿的目的地。月儿美美地吃了几根胡萝卜后，舒舒服服躺到胡萝卜制成的床上睡着了。四处弥漫着胡萝卜的清香，不知不觉中，我也睡着了。

　　刺眼的灯光打到我的脸上，我一个激灵，醒了过来，发现已经回到自己家中，手上还捏着一本图册。图册上画的，不就是先前见到的那些奇景吗？一切都是梦境？不，图册上还有月儿清晰的牙印呢！

# 找到春天带回家

刘梓峰

找到了！找到了！春天藏在北山公园里。柳树梳着长长的辫子，还在辫子上扎了许多绿蝴蝶结呢！那长长的辫子点着湖水，湖面泛起了美丽的涟漪。

找到了！找到了！春天藏在了琶江河两岸。这里有杏花、梨花，站在那些花中央，我仿佛站在一片茫茫大雪中。这里野花盛开，小草、小苗都从湿漉漉的泥土里探出头来，它们终于能呼吸到新鲜的空气了！春天还藏在小朋友的欢笑之中，他们在跑着、跳着放风筝。北山公园的上空飘满了风筝，有的风筝还缠在了一起，上下飞舞，好像在表演空中杂技。突然，一阵狂风刮了过来，风筝剧烈地摇摆起来，差点儿把拿着风筝线的我也吹得飞起来。原来，春天也会发脾气。我们可要在清明前后多种一点儿树，让春天变得温和一些……

找到了！找到了！春天藏在小区里。小区里盛开了美丽的紫丁香和白丁香，还有迎春花、桃花……它们香气扑鼻，香味简直都能把一只蜜蜂醉倒。花池里灌木丛的叶子也变得翠绿无比，小区里一片迷人的景色。

四处的春天都被我找了个遍，可我总觉得少了一处春天的景色。原来是家里少了春天，我立刻开始行动。我用糖果盒当花盆，到后院挖了点儿湿润的泥土后就开始播种了。我轻轻地捧着小种子，把它们埋在了每一个花盆里。过了几天，小苗冒出来了。哈！我把春天带回了家！

# 轻轻说声我爱你

蔡盈盈

他，不是我的亲爸爸，但是，他对我的爱，同样情深似海，我想对他说声："我爱你。"

早晨，当第一缕阳光从窗帘的缝隙中照进来时，我就起床了，我从抽屉里取出鲜红色的卡纸，对折，翻面，展开，旋转……没多久，便折出了一个大大的爱心。我在纸上郑重地写下了一行字：爸爸，我爱你！

我准备将爱心卡放在爸爸的书房里。风迎面而来，还伴随着一阵清脆的声音："丁零零——"是贝壳风铃，风铃上挂着一张照片，上面是我和爸爸一起放风筝的情景。

那是一个阳光明媚的日子，我拉着风筝在草坪上跑，可是无论怎么折腾，风筝就是飞不上天空。爸爸从我手里接过风筝，笑着说："小盈盈，其实放风筝很简单的。"我望着爸爸，只见他把风筝往空中轻轻一抛，顺着风势，风筝慢悠悠地飞上了天空，爸爸见状便开始放线，风筝随着风稳稳地越飞越高。阳光照在风筝上，风筝像镶上了金边，十分耀眼。我见了拍手叫好，迫不及待地想试一试，爸爸便把风筝收了回来，手把手地教我。最后，我终于能熟练地把风筝放飞了……想着想着，我不禁笑了。我把爱心卡挂在了风铃上，爱心卡随着风铃左右摇摆，格外漂亮。

吃完早饭，爸爸照常去书房看书了，我的心"扑通扑通"地乱跳。门是虚掩着的，我悄悄地走到门前，从门缝偷偷地看着。只见爸爸从风铃上取下那一张鲜红的爱心卡，看着看着，脸上写满了幸福。我趁机走进房里，环住爸爸的脖子，鼓足勇气，深吸了一口气说道："爸爸，我……""爱你"两个字还没说出口，门便打开了，妈妈拿着拖把进来准备拖地。我连忙放下手，站在一边。

"怎么了？"爸爸问。"我……"喉咙里好像卡了一根鱼刺，怎么也发不出声音，我清了清嗓子，"爱你"两个字还是没说出口。

爸爸有些疑惑地望着我，我红着脸飞奔出书房，心里不住地埋怨自己："没出息，说出那三个字有那么难吗？"

"小盈盈，是不是遇到什么困难了？"爸爸不放心，跟了过来。我转过身，抱住爸爸，轻轻地说："爸爸，我爱你。"

爸爸先是一愣，然后笑了，搂着我说："我也爱你哦！"

我笑了，这个清晨是多么美好。

# 旧鞋子的新生活

朱信融

妈妈漂亮的高跟鞋、宝宝可爱的小童鞋、爸爸大大的皮鞋穿旧了，妈妈把它们都扔进了垃圾箱。

一天，一辆大卡车把这几双旧鞋子运到了郊外的垃圾站。垃圾站当然不如家里，但旧鞋子的新生活却从这里开始。

大卡车经过森林时，把大清早还在熟睡的小松鼠给吵醒了。小松鼠揉了揉眼睛，往远处的垃圾站看去，一眼就看见那双漂亮的高跟鞋，开心极了，心想：正好动物公园的滑梯坏了，可以用这只曲线状的鞋子来代替。小松鼠想着，就一口气冲向垃圾站，连门都没关。小松鼠到了垃圾站，可是高跟鞋被许多垃圾压着，用手拿不出来，这可怎么办呢？小松鼠东看看、西瞧瞧，忽然看见有一根晾衣钩在旁边。太好了，得来全不费功夫，小松鼠轻松地用晾衣钩把高跟鞋给钩出来了。很快，高跟鞋被小松鼠带到了动物公园。小松鼠把高跟鞋固定好后，看看四周没有人，就自个儿滑了起来，玩得很开心。过了一会儿，小猴子过来了，小猪过来了，小鸡也过来了……动物越来越多，有的仰躺着滑，有的趴着滑，还有的头朝下滑，森林里可热闹了，连平常不怎么爱说话的小猫也开心地玩起来了,热闹的欢笑声把刚出生不久的小老虎也吸引过来了。小刺猬对小松鼠说:"小松鼠,你这'滑梯'是从哪儿弄来的呀?"小松鼠笑眯眯地说:"是从垃圾站捡来的啊!那里好东西可多了!"

　　小刺猬来到了垃圾站,发现了小童鞋和大皮鞋,小刺猬把大皮鞋送给了小老鼠,自己把那双可爱的小童鞋拿回家,做成了一辆小车子。小车子有四个轮子,里面有一个方向盘和两个踏板,只要踩动踏板,小车就会开动,方向盘可以用来调整方向。小刺猬把这辆车开到了公园,小动物们纷纷向小刺猬借车子开,大家玩得别提有多开心了。

　　而小老鼠就更开心了,它与其他几个小动物合作,将大皮鞋做成了一艘小船,在小溪里漂流。它们还找来了树枝在水里划呀划呀,把小船划到了森林的对面,与那里的小动物一起玩。

　　"滑梯""小车""小船",可真有意思,今天是小动物们最开心的一天,也是旧鞋子新生活的起点。

金子般的心

# 我的窃读保卫战

李薇杭

每到周末的中午,妈妈总会苦口婆心地唠叨:午休!午休!可我就是睡不着,我想看书,睡觉多无聊啊!

怎么才能不午休,利用这个时间读点儿书呢?我想了一个办法:假装蹲厕所!一天中午,刚刚吃完饭,我就把书藏到衣服里,从房间里鬼鬼祟祟地探出头来,左右看了看,嘿嘿,没有人注意到我,快跑!我踮起脚尖悄悄进了卫生间。正读得津津有味,忽然听到了妈妈的脚步声,我急忙把书藏好。听到妈妈敲门问:"儿子,怎么了,蹲了这么长时间?""有些闹肚子……"我假装很痛苦地回答。心里暗自庆幸,好险,幸亏我有准备。

虽然这个"蹲厕读书法"很好用,可是用得多了,难免引起妈妈的怀疑,总不能老拉肚子吧。于是,新的方法出炉了:假装午休,在枕边放本书,偷偷读。有一次,读到书中最搞笑的地方,我忍不住"咯咯咯"地笑出了声,忘记自己已经"睡着了"。当我意识到这个问题的时候,妈妈已经来到了我的床前。我假装刚刚醒,睡眼惺忪地问:"妈,怎么了?"当然,书已经被我迅速藏到了枕头下面。"臭小子,还装!"妈妈从枕头底下一把拎出了书。唉，这么快就被发现了，我这只"倒霉兔"呀。

　　不过，假睡读书法的失败并没有挡住我读书的热情。俗话说，道高一尺，魔高一丈嘛，各种各样的新方法从我的脑子里飞出，我的窃读保卫战还在进行中……

# 雨 巷

吴晓萌

原来，秋雨中的小巷会这般美妙。我漫步在青石砖铺成的小路上。雨丝儿轻轻拍打着我的脸颊，我深深呼出一口气，同时呼出了埋藏在心底的愁绪，于是，我更加酣畅淋漓地吸吮起潮湿的空气。雨雾晕染开了浓浓的灰白色，仿佛云雾般缠绕在空气中，久久不曾消散。整个城市被包裹在潮湿的空气中，像一块磨砂玻璃一样，缥缈中透着神奇，令人浮想联翩。每一个檐角，每一片树叶，每一扇窗户，都凝着朦胧的水汽。

"下雨了，回家啦！"……

此起彼伏的呼唤声飘进我的耳朵，我缓缓抬起头，只见刚才还在跳皮筋的几个小女孩儿，慌忙收起橡皮筋，互相匆匆告别，飞快地奔回了家；巷子两旁的人家正皱着眉头，手忙脚乱地收衣服，还一边嘀咕着什么……瞬间，整个小巷空无一人。

天空是铅灰色的，厚重的云低低地笼罩着大地，静静地抛洒着雨丝。被雨水浸泡过的泥土，散发着阵阵清新的味道，几只褐色的小虫扭动着肥大的身躯，竭力地想要钻到土里去。一只迷路的蜜蜂跌跌撞撞地闯入了湿得滴水的小巷，从房檐上滴落下的雨滴正好打湿了它的翅膀，薄薄的翅膀立刻变得沉重起来，金黄色的肚皮不停地起伏着，它随即一个跟头跌落在地上。我刚想过去，它扇扇翅膀，又飞了起来。

我轻轻地抹开头上的雨水。雾气更重了，几乎看不见前面狭窄的小路了，只能一步步摸索着往前走。一阵寒风掀开了我的衣角，雨丝立即钻了进来，我不禁一颤。

默默之间，雨密密斜织，我撑起了手边的油纸伞。走在巷子里，心底氤氲着一种泛着轻愁的情绪。真是一番风，一番雨，一番凉啊。

不知不觉，雨停了。当阳光从灰沉沉的阴霾中小心地撕开一道口子，笑眯眯地往下面看上一眼后，整个小巷一下醒了过来，显得生气勃勃。洁白的云朵大方地展露出它的身影，在空中慢慢地游弋。

水滴在梧桐树的枝条间轻轻摇晃着，直到树枝承受不了它的重量时，它才轻轻地松开手，慢慢地、优雅地坠落。小巷人家的后窗上都映着白云懒散的身影，小路上一下蹦出了几个欢呼着的孩子。我缓缓收起伞，怔怔地望着那些孩子们飞舞着的身影，不禁哑然一笑。

这多情的秋雨，多情的小巷，多情的我。

# 清　泉

邓敏沂

　　山间的清泉奔流着，穿越着，演奏出了各式各样的韵律：有的低沉委婉，有的缠绵细密，有的高昂激奋，宛如一支多声部的乐曲，化成珠子撒落在蜿蜒曲折的峡谷间。

　　春天的清泉，伴着桃花的清香，绕过九曲十八弯，闪着碧莹莹、蓝幽幽的光波，由东边淙淙跳跃而来，在桃花谷抖了抖身姿，便又汩汩地撒着欢朝南奔去。

　　夏天的清泉，赤着双脚，露出了许多奇形怪状的小脑袋，仔细一瞧，原来是长期沐浴在泉水里的石头小伙伴。它们刚刚撑破了青色的绸带，与白花花的水花儿一起戏耍，不停地唱着、笑着、跳着。

　　秋天的清泉，挽着几条火红火红的小船，一起聆听山间的窃窃私语。小鸟告诉清泉，它要寻找搭窝的枝条，筑座最华丽舒适的安乐窝；小松鼠告诉清泉，它要寻找更多的食物，建立个食物库，准备迎接寒冷的冬天；小青蛙告诉清泉，它要尽情地玩耍，因为不久的将来，它又要休一个长假。动物们似乎都忙碌起来……

冬天的清泉，蜷着身子，从石缝泻出，冒出一片白茫茫的云烟，朦朦胧胧，给人一种腾云驾雾的感觉。刹那间，太阳出来了，在明丽的阳光下，清澈见底的泉水像条银龙在翻滚、跳跃。

哦，清泉！你是那么迷人，那么令人难以忘怀！

# 我是"小护士"

黄礼裔

外婆的食道动了手术，出院后在家休养，一直是妈妈照顾她。今天，妈妈去单位值班，照顾外婆的任务自然地落到我的肩上。妈妈临走时把要做的事做了交代，我做了个"OK"的手势，对她说："请妈妈放心，我一定做个称职的'小护士'！"

妈妈走后，我把电视调到娱乐节目，陪外婆一起看相声、小品。电视中正播放赵本山和宋丹丹的小品，两位演员的精彩表演，让外婆都笑出了眼泪。忽然，她皱起眉头，双手抚摸刀疤。我赶忙问："外婆，怎么啦？那里不舒服吗？"外婆有气无力地说："你把电视关了吧，笑得我刀疤都痛了。"我意识到外婆的伤口还没完全好，不宜这么大笑，这次是我好心做了坏事。于是，我关上电视，扶外婆躺下，帮她轻轻按摩，看着她安静地入睡。

时间不知不觉到了中午，现在该做午饭了。我到米桶舀了一杯米，认认真真地洗干净，装了半锅清水，放到煤气灶上。大约半小时后，透过玻璃锅盖，我看到稀饭煮得又黏又稠，于是关掉了火，盛了两小碗，晾了一会儿，才叫醒外婆吃饭。

吃完了饭,想起妈妈说饭后不能马上躺下,需要适当活动以助消化,于是,我搀扶着外婆去花园散步。花园里空气清新,让人心旷神怡。外婆的兴致很高,与我一边走一边闲聊,丝毫没有回家的意思。但是,我考虑外婆身体虚弱,只能带她回家休息。

　　照顾外婆,我当了一天的"小护士"。这可并不是一件简单的事,除了要有一份爱心以外,还要有足够的耐心、细心,这是我以往不曾体验到的。

## "降儿十八掌"与"降妈十八招"

罗 颖

我今年十二岁,上小学六年级,自从家里买了电脑以后,我就天天在电脑上玩游戏。妈妈为了防止我玩电脑,天天像防贼一样地盯着我,用妈妈的话说,如果我再玩电脑的话,她就用她那无敌的"降儿十八掌"了。你不懂了吧,为何叫"降儿十八掌"?实话说吧,是因为我妈妈喜欢上了电视剧《天龙八部》,开始我也没怎么注意,可突然有一天,妈妈竟把《天龙八部》里的"降龙十八掌"给改造了一番,就成了教育我的"降儿十八掌"。自从"降儿十八掌"破壳而出后,我就没有过一天好日子。

终于有一天,我实在忍无可忍了,经过一番苦心研究,终于研发出了一套"降妈十八招",决定与妈妈大战一番。

一个星期天,吃过晚饭后,我急忙跑向电脑旁边,准备做它的"守护天使",老妈竟然也跟来了,于是,我们的大战便开始了。

第一招:跪地求妈。

只听我"扑通"一声,一下子跪在了老妈面前,眼中流露出乞求的目光。然后,我悄悄地把口袋拉链打开,顿时,口袋里的洋葱辣辣的味道飘然而来,使得我泪流满面。我心里暗暗地想,老妈一定克制不了这一招。嘿嘿，告诉你吧，妈妈最疼我了，她一定会向我投降的。可谁知，妈妈发现了我的"秘密武器"——洋葱，一下子把手伸进我的口袋，拿出洋葱扔到地上。我顿时目瞪口呆，心里想：哼，第一招不行，用第二招。

第二招：软磨硬泡。

我跑到妈妈身边，抱着她的腿，歪着头撒娇，还细声细气地说："妈咪，妈咪，我的好妈咪，就让我玩一会儿好吗？"可老妈却背对着我，双手捂着耳朵，装作没看见，没听见，这下我气坏了，决定用第三招。

第三招：将计就计。

哼，前两招不行，那就看我的第三招，只见我气急败坏地对老妈说："我就要玩，关你什么事呀，哼！你不是说学习要劳逸结合，我刚写完作业，你也不让我玩！"妈妈笑了笑，对我说："咱们可是刚吃完饭，你哪年哪月哪日哪秒写的作业呀？"我顿时呆住了……

就这样我用完了我那套"降妈十八招"里的十八招"盖世武功"，还是没有降服老妈。该老妈出手了，只见她"降儿十八掌"第一掌打了下来，我的屁股红通通；第二掌打下来，我的屁股冒起了"白烟"，就这样，直到第十八掌下来，我那可爱的小屁股便发了"高烧"，我就这样被老妈给修理了。

其实老妈也不是不让我玩电脑，她是怕我天天玩，影响视力。要是我在电脑上搜集学习资料，妈妈就会很支持我，还耐心地指导我如何使用电脑。

在妈妈的关爱下，我也就"甘拜下风"了。还是妈妈的"降儿十八掌"厉害，其实也是"爱儿十八掌"，我还要谢谢妈妈呢。

# 小小男子汉

许金奕

"好弟弟,快帮我扫扫地、拖拖地,顺便再帮我晾一下衣服吧!"姐姐无限"温柔"地对我说。我的亲姐姐呀!你一出口就是三项"伟大工程"啊!姐姐又可怜巴巴地说:"你是堂堂男子汉,帮柔弱女子做点儿事是应该的嘛!"唉,妈妈刚走,姐姐就开始"折磨"我了。我真是敢怒不敢言啊!谁让我是男子汉呢?

因为我是男子汉,不能和弱女子计较,我就勉强接受了姐姐派给我的任务。经过不懈的努力,我好不容易才完成任务,刚想松口气休息一会儿,姐姐又嚷嚷开了:"弟弟,家里没吃的了,能不能到商店买点儿吃的?"时机把握得真好。不容我分辨,姐姐就硬塞给我二十元钱。没办法,保护弱女子嘛。这次要显示我的男子汉气概,我便一路狂奔,飞去"十万八千里"的商店。气喘吁吁的我刚进门,姐姐的一句话差点儿把我气晕,"刚才你出去,我忘了让你帮我带点儿冰水,现在再去一趟吧,你是男子汉啊!"唉!谁让我是男子汉呢?我只好垂头丧气地再去买水了。

晚上我们一家到酒店吃饭,我还没把板凳焐热,小舅舅说:"小虎,你是男子汉,快去招呼客人。"晕,又是男子汉,我只好硬着头皮跑来跑去招呼亲朋好友。晚上回到家,妈妈又让我去开电热水器,我二话不说照办了,因为我是男子汉,就不用浪费口水了。姐姐不知又在嚷嚷着支配我干啥,可我已经倒在床上睡着了,当男子汉太累了。

# 买不到的礼物

薛 杰

朋友，在你记忆的深海中，是否埋藏着最珍贵的宝藏？

今天是我的生日，我不由想起了那年的生日……

在我五岁生日的时候，妈妈送了我一件买不到的礼物，让我记忆深刻。

生日那天，我早早就起来了，心想：哈，今天我过生日，妈妈会送给我什么礼物呢？是我最喜欢的芭比娃娃，还是可爱的玩具熊？一定很贵重吧！真好，我又可以在朋友面前炫耀了。

早晨，妈妈出门了，我猜妈妈一定要给我一个惊喜，不然她怎么会假装忘记我的生日了呢？我望着妈妈的背影，露出洞穿别人诡计时才会有的微笑。

到了中午，妈妈也没有出现在幼儿园的门口。我想：妈妈一定要把这个惊喜留到最后吧！到了晚上，妈妈很晚才回来，我兴高采烈地扑上去："老妈，这么晚回来是不是给我去选礼物了呢？"没想到妈妈却一脸愧疚地说："孩子，对不起，妈妈有事所以没给你买礼物，我一定给你补回来！"

就这样，我过了一个不愉快的生日。晚上的时候，我含着眼泪睡着了。睡着睡着，我做了一个奇怪的梦：一个兔子神告诉小孩儿，最珍贵的礼物不是用钱能买来的，真正幸福的孩子才能得到买不来的礼物……

　　第二天，我一直在琢磨买不到的礼物是什么，直到晚上的时候，妈妈亲了我一下，我忽然想道：妈妈每天给我的吻不就是买不到的礼物吗？我终于找到了那件买不到的礼物了。我对妈妈说："谢谢您，妈妈！给了我一份买不到的礼物。"看到妈妈一脸疑惑的样子，我笑了。

　　我一直把这件事铭记在心里，这是我最喜欢的礼物——一件买不到的礼物。

## 毛毛虫的梦想

任茜茜

一天，一只毛毛虫走在路上，它的愿望是到全国各地去旅游。

走着走着，毛毛虫看见前面走着一只蚂蚁，毛毛虫问蚂蚁："嗨，朋友，你现在过得可好？"蚂蚁叹了口气说："唉，别提了，现在这生活……不说了，你又要到哪儿去啊？"毛毛虫自豪地说："我要到全国各地去旅游，过自由自在的生活！"蚂蚁听了，说："看你这慢吞吞的样子，还想着旅游啊？"蚂蚁的讥笑让毛毛虫很难受，它的心就像一个掉到地上的鸡蛋——都碎了。

毛毛虫慢腾腾地走着。这时，一只小兔子走了过来，关切地问："毛毛虫，你怎么了？是不是病了？"毛毛虫抬起头看着小白兔，仿佛看到了希望。在毛毛虫看来，小白兔最善解人意了。于是，它把刚才的事情一五一十地告诉了小白兔。小白兔认真地听完，却摇摇头说："蚂蚁虽然做得不对，可它也没说错啊！旅行是一件冒险的事情哪！"小白兔不理解的目光让毛毛虫伤心透了。

毛毛虫走啊走，它想："如果我真的放弃旅行，村子里的小动物会怎样嘲笑我呢？"走着走着，它不小心撞上了正在散步的小蜗牛。"毛毛虫，你的脸色怎么这么难看？"蜗牛关切地问。毛毛虫为难了，不知道该怎么办。蜗牛似乎看出了它的心思，说："毛毛虫，别难过，有什么委屈就说出来吧，说不定我能帮你忙。"毛毛虫再也忍不住了，把心里的委屈全部抖了出来。蜗牛认真地听着，说："毛毛虫，你是一个勇敢的、有梦想的勇士，别人怎么看你不重要，重要的是你怎么看待自己。只要坚持，总有一天你会实现自己的梦想。"

　　蜗牛的安慰让毛毛虫感到很温暖，也让它重新鼓起了前进的勇气。一路上，它再也不在乎别人的眼光，一边欣赏着美丽的景色，一边不断向前。也不知道过了多久，它累了，便找了一棵大树，在清风吹拂的树枝上安心地睡着了……

　　一觉醒来，毛毛虫拍了拍身子，它发现自己变了，拥有了翅膀和美丽的花纹，变成了一只美丽的蝴蝶。"太好了，我可以飞着继续旅行了！"毛毛虫快乐地边飞边舞……

# 骑 猪 记

杨力凡

那一年,我五岁,跟随家人回到了浙江老家。奶奶养了很多猪,其中有一头母猪,生了很多小猪崽。我很喜欢那些小猪,经常跟奶奶一起去给它们喂食,慢慢地就跟它们熟悉了。

一天,奶奶不在家,我又去看小猪崽,发现有两头小猪竟然趴在猪妈妈的背上玩。我心想:要是我也骑在猪妈妈的身上,一定很好玩。我迫不及待地打开了猪圈的铁门,走了进去。小猪崽见我进来了,好奇地围着我转,那两头趴在猪妈妈身上的小猪崽也跳了下来,用嘴蹭着我的裤腿,很亲昵的样子。我没时间理会它们,快速走向猪妈妈。猪妈妈仍躺着,我跑过去,抬腿一跨,骑在了猪妈妈的背上。猪妈妈"嗷嗷"叫了两声,但还是躺着没动。我拍了拍猪妈妈的屁股,它才慢慢站了起来。

哈,我终于骑在猪背上啦!我高兴地又拍了拍猪妈妈的肚子,它开始在猪圈里乱窜,先是慢慢地走,一边走一边扭动着腰身,想把我甩下去。我紧紧抱着猪妈妈的脖子,猪妈妈见甩不掉我,就由走变成了跑,拼命地转圈,"嗷嗷"直叫。最终,我被摔了下来,不过掉下去的地方很软,摔得不疼。我想再次骑在猪妈妈身上，可猪妈妈见了我就躲，我再也没有机会了。我抱起一头小猪崽，想把它放在猪妈妈的背上，小猪崽"嗷嗷"地叫着，猪妈妈突然凶恶地冲了过来，我赶紧把小猪放了。我感觉跟小猪在一起也很好玩，于是我就学着小猪的样子，在地上爬来爬去。

我玩得正高兴，奶奶回来了。奶奶大声喊我，问我在哪里，见我在猪圈里玩，奶奶大吃一惊，走过来说："傻孩子，你怎么跑到猪圈里当猪啊？"

奶奶赶紧把我抱出猪圈，给我洗澡。直到现在，只要我回老家，奶奶还会不时提起这件事，一提这件事，奶奶就会很开心，仿佛又回到了从前。

啊，好想马上回到老家，回到我五岁时那个快乐的早晨。

## 海之"野"

赵倩仪

厦门的海是野的。这是一种天然的美,是一种随性的美:站在岸边,轻轻的海浪亲吻着你的小脚丫,可好玩儿了!可是,下一个海浪就会热情四射地朝你扑来,把你给撂倒!这种美,是一种豪爽的美:如果你站在齐腰高的海水中,这位"东北大汉"就会热情地把你揽入他的怀中,让你喝足他酿的"好酒"!这种美,是一种连绵的美:如果海浪的"跳舞指挥官"一声令下,海浪姑娘们就会伸展出修长的手臂,微笑着向你跑来。

海水和沙子是一对最好的恶作剧组合:海水这野丫头故意将你绊一个"大马趴",然后沙子这浑小子立马以光速给你递上一份"黑暗料理",瞬间让你来一个狼狈的"狗啃泥"。

在水中居住的小动物当然更是"野"性十足了!成群结队的螃蟹在沙滩上横行霸道,如果哪个人不懂规矩挡了他"蟹大爷"的去路,他准会毫不客气地在你脚丫子上狠狠地留下纪念。那感觉一定今生难忘!还有那些美丽的贝壳,你可千万千万不要惹到她们!她们可是海里有名的"母夜叉"!如果把正在睡觉的她们给吵醒了,她们准会给你一个异常甜蜜的"亲吻"。

海边的人们也变得"野"了起来。年过花甲的老人学着电影《泰坦尼克号》中的杰克和罗丝,在沙滩上吹着海风;孩子们在沙滩上打滚;年轻人光着膀子在齐胸的海水里站成一排,准备迎接巨浪的冲击!满海滩的嘻嘻哈哈,满海滩的亲亲热热。

照片记忆:我们在厦门的海的"野"中返璞归真!我喜欢大海的"野"!

## 保鲜袋历险记

孟星沅

我是一只普通到毫不起眼的保鲜袋,用我包装食品方便卫生,厂家还在我的脸上印上了"请勿乱扔,爱护环境"的艺术字。

我被用于包装美味的面包。一个小朋友买了面包,他把面包吃完,便随手把我扔在了铺满沥青、画着斑马线的马路上。躺在冰冷的路上,闻着难闻的沥青味儿,我感到十分愤怒。我的脸上分明印着字,可这小朋友怎么看都不看一眼呢?唉……

"嘀——嘀——"一辆大卡车驶了过来,啊!它马上要压到我了!我吓得闭起眼,蜷着身,等待大难来临的那一刻。突然,一阵狂风吹过,我被一下子吹到了一个小弟弟的脚下。我想:"他应该会把我带回我的'家'吧。"我睁开大大的眼睛,高兴又期待地看着这位"慈眉善目"的"大善人"。他慢慢地拾起了我,我本以为他会将我放到垃圾桶里,可知人知面不知心,他居然把我拿在手上挥来挥去,我只觉得一阵天翻地覆,想呕吐,可他又在我的肚子里装满了苦涩的沙子,硬生生地把我弄了个洞……我再也不能充当他的玩物了,他一气之下,又把我扔到了马路上。

唉，我们几个保鲜袋随风跳着悲伤的舞，像流落在街头的乞丐一样，被风吹来吹去，到处流浪。一阵台风入侵了城市，一个保鲜袋妹妹被台风恶作剧般地吹到了河里，在一波波激流里，拖着被水冲来冲去的身子拼命挣扎着；一个哥哥则被风吹上了天，如同一只断线的风筝随风飘荡。而我呢，挂在一根枝头上，随风猛烈地摇曳着身子。

在这繁华的街头，我就如一面高高举起的白旗，那情景别提有多难看了。人们对我指指点点，嘲弄似的看着我。我多希望有人把我摘下来啊！可他们从来都是"君子动口不动手"，我只能无比失望地低下了头。

这已经是第二十一天了，阳光明媚。我全身披着阳光在枝头"招摇"着，那个妹妹早已沉到河底了，那个哥哥也不见踪影，不知被吹到哪儿去了。我们失散了。

我抬起头，一群少先队员迎向了我，他们用长竹竿把我钩了下来，并把一脸感激的我送到了我最后的归宿——白色污染回收站。

我看见路上竖起不少广告牌，上面写着：爱护环境，人人有责！

## 金子般的心

姜着文

可怜天下老师心，唯恐学生分数低。期末一到，卷子多得写不完，同学们疲惫不堪，时时渴望着放学铃声的到来。

挨到了放学，同学们迫不及待地收起书包，拎起水杯，蜂拥而出，谁也没有注意到自己的脚下。一张还没被批阅的卷子被几十只脚无情地从室内践踏到室外，沦为你我他的"脚下囚"，面目全非的它多像一个沦落街头无人问津的破烂呀。大家鱼贯而出，谁都没有留意它的存在。放学时的似箭归心早已把老师平时进行的环境教育忘到了九霄云外。

正当我要捡起这张纸时，一个熟悉的身影抢先出现在我眼前。许仁浩！他没有绕过，也没有踩上，而是弯下腰，快速地捡起，捏在手里，揉成一团，塞到了衣服口袋里，若无其事地继续向前走着。"脏不脏啊？真恶心！"不知是谁的喊声打破了走廊的寂静，大家都不约而同地搜寻着目标。我以为此时的他一定是傻了眼，脸红、心跳、腿哆嗦是逃不过了，没想到他是那样淡定，竟向喊话者报以淡淡的一笑，笑得那样自然、那样甜美、那样令人肃然起敬！虽然只是小小的弯腰之劳，却让我的内心久久不能平静。在他前面走过去那么多人，或许有人真没看见，或许有人看见了不想捡。这其中有老师的"宠儿"，同学们的楷模，班级的红人，可是他们却视而不见。真是小事见人品，平凡见精神啊！

一张脏兮兮的纸，让我看到了许仁浩金子般的心灵。

# 春天的榕树

黄静怡

春姑娘挎着花篮子,迈着轻盈的步子向我们走来。榕树在春天的季节里伸伸懒腰,醒了!

我站在教学楼三楼俯视榕树,觉得它离我很近,好像一伸手就能摸到似的。

好几棵榕树连成一片,像绿色的海洋,阳光洒在上面,反射出金色的光芒,就像贴上了金片,美丽极了!榕树正享受着阳光浴,这不就是太阳给它的恩赐吗?

我听说过长寿的龙血树,听说过见血封喉的剑毒木,但最让我惊奇的还是枝繁叶茂的榕树。它的树干真粗啊!有多粗呢?三个同学手拉手,才刚好抱住。它的主干真短啊,只有三四米,上面的树枝向四处展开,像一个龙爪。它可真高啊,有多高呢?大概有一幢楼那么高。榕树的树干真直啊!直得就像国王的权杖。俗话说:"独木不成林",唯有榕树可以"独木成林",因为它是树冠最大的树,就像仙女撑着一把大绿伞。从它重重叠叠的树枝间,漏下斑斑点点细碎的光影。叶子一簇堆在一簇上,不留一点儿缝隙,好像要把它的全部生命力展示给我们看。你看,无论是东边的那棵还是西边的那棵，都比盆栽的榕树显得有精神，真是"花盆里长不出苍松，鸟笼里飞不出雄鹰"！

　　刚长出来的气根挂在树枝上，年老的气根盘绕在枝干上，像一棵棵人参，也像一条条麻花。一阵风吹过，刚长出来的枝条像风铃似的随风摆动，榕树爷爷抚摸着那一大把胡须，似乎在乐呵呵地说："春天来了，万物复苏，真好！"绿叶微微颤动，像个绿色的摇篮，给我唱催眠曲。

　　树叶的颜色也各不相同，或浓或淡，有深绿的，有浅绿的，还有冬天落下的黄叶。它像个正在梳妆打扮的姑娘，深绿色的假发，淡绿色的胭脂，难道"她"准备参加选美吗？榕树无论是夏天还是冬天，都是苍翠挺拔，枝叶茂盛的。远看一片翠绿，像一朵硕大的西兰花，还像一个巨大的绿色棒棒糖，真是有趣！雨滴娃娃顽皮地吹着萨克斯，跨着欢快的脚步也走来啦！雨滴娃娃一个个迫不及待地蹦上了树叶，树叶就像是它们展示自己的舞台，而榕树在贪婪地吮吸着大自然给它的"恩赐"。

　　在阳光的照耀下，在雨水的湿润下，在微风的吹拂下，在大家的关爱下，榕树长得越来越茂盛。

## "烟虫"戒烟记

顾文捷

我的老爸,是一只与香烟结伴了十六年的"大烟虫"。我们全家老小都希望他与香烟"绝交"!这不,暑假前期,老妈决定与老爸打赌——戒烟四个星期,如果坚持下来,"家委会"奖励两千元;如戒烟途中犯一次烟瘾,罚二百元,十次为止,抗议无效;如中途退出罚款四千元整。

于是,戒烟活动正式开幕。为使活动公开、公正、公平地顺利开展,我们"搜刮"了当事者——老爸身上的所有香烟,没收了当事者的名牌打火机,还与当事者的同事、各大香烟店老板(老板娘)、当事者的亲戚、好友进行了沟通……

每天二十四小时,老爸都像是被N只眼睛盯住了似的,没有一秒抽烟的时间。

一次我与老妈布下"天罗地网",等待老爸"上钩"。当老爸回家后,他习惯性地进行"地毯式"搜索,搜索香烟的足迹,居然在床底下发现了一根被我们"疏忽"了的香烟。只见老爸眼观六路,耳听八方,锁住门,打开窗,沾沾自喜地抽起来,哪知道有一台摄像机正在角落里悄无声息地记录着他"犯罪"的全过程……接着老爸又翻遍了我房间的各个抽屉，发现了一包香烟，正当他燃起打火机时才发现——点不燃，他捏了一下"香烟"，发现是硬硬的，才知道中了我与"军师"老妈的计，连忙将"粉笔牌"香烟放回原处，装作若无其事地走出了我的房间……

  一星期后，老妈拿出三张老爸偷偷抽烟的照片，老爸像小孩儿一样，恋恋不舍地将六百元交给了"家委会会议长"——奶奶。晚上，老爸一个人出去"散步"，我"光明正大"地跟在他后面做"小狗仔"……老爸就好似一个被监管的犯人，总是无奈地摇头，长吁短叹不已。

  老爸，我们不是想为难你这个一家之主，只是希望你有一个好身体，希望你能长命百岁！有人说香烟似鸦片，你应该为了美好的明天而戒烟！

# 邮局探访记

浦阅洲

我是学校的一名小记者,今天,我和其他同学一起跟随金老师去邮局探访。

进了邮局的大门,我们先参观了收发报纸的工作场。有一位叔叔在盖邮戳,这位叔叔一盖一推,动作娴熟,一会儿工夫,面前就是一大堆盖了邮戳的信件。叔叔看见了我们,就邀请我们一起盖邮戳,我们得到了一次体验的机会。还有一位叔叔在整理报纸,他左右开工,一只手把报纸塞进相应的柜子里,另一只手又重复着同样的动作,双手从来也没有停过。

第二站是邮局大厅。在解说员阿姨的带领下,我们尝试使用了取号机,它的用途是给前来办理业务的顾客发号,以便他们按顺序办理业务。它就像音乐家手里的指挥棒,在它的指挥下,熙熙攘攘的大厅变得井井有条。接着,另一位叔叔给我们讲解寄明信片的常识,他说:"寄明信片关键是要正确填写收信人的姓名、地址、邮编,还要贴上相应面值的邮票。"他讲解完,给我们每人发了两张明信片做练习。按照这位叔叔教的方法,我给妈妈寄了一张明信片,希望她尽早收到。

最后是听曹老师的讲座。他高高瘦瘦的，黑发里夹杂着少许白发，看上去有点儿显老，但是他的声音却很洪亮。曹老师在屏幕里放了一张大邮票，上面有女王的头像，他面带微笑地问我们："这是什么邮票？"我们你一句我一句，顿时炸开了锅，曹老师最后说出了邮票的名字，这张邮票叫黑便士，下面的英文"one penny"就是黑便士的面值。曹老师还告诉我们什么叫集邮，原来集邮就是收集邮票、邮戳。

　　结束了对邮局的探访、参观，我对邮局的工作有了新的认识，它能加快信息的传送，增进人与人之间的情感交流，让我们的生活更便利、更和谐。

# 新来的语文老师

黄嘉宁

开学第一天,新老师来到我们班上,他姓陈,长得略胖,很有幽默感。陈老师问我们一个问题:"班上有多少人?"这个问题太简单,同学们没举手就抢着回答,"57!""56!"教室里乱成了一锅粥。陈老师说:"我教大家六个字:'要开口,先举手。'来,大家一起读一遍。"

我们带着拖腔,说完"要开口,先举手"这六个字,陈老师马上把右掌贴在胸前,头微微一低,说:"阿——弥——陀——佛——"马上就有同学接着说:"善哉!善哉!"教室里响起一阵快乐的笑声!虽然同学们在笑,但大家都明白陈老师为什么做这个动作,他批评我们读书像念经呢!所以,我们又读了一遍后,才看见陈老师笑了。

陈老师又说:"我知道,你们都想要了解我,下面我来答'记者'问,你们问什么都可以。"有的同学问:"老师,你几岁了?"还有的同学问:"老师,你教什么课?"……陈老师一一做了回答,可他却说:"这些问题都太简单了,同学们,你们的问题能不能难一点儿?"

陈老师说完，教室里突然安静了。过了一会儿，古应豪把手举得高高的，陈老师把他叫起来，古应豪大声问："请问陈老师，你觉得自己的为人怎么样？"这个问题一定可以把陈老师难住！没想到他立刻回答："如果我把自己说得太好吧，你们就会觉得我不谦虚；如果我把自己说得太坏吧，我又怕同学们把我当成大灰狼！"呵呵，陈老师真"狡猾"！虽然回答了古应豪的问题，但却没有任何答案。

陈老师的"狡猾"是聪明的表现，我们要多向陈老师学习。

# 妈妈的眼睛

李 凡

大家都说我的眼睛像妈妈，又圆又亮，像忽闪着的星星。是啊，妈妈的眼睛是我心中的星星。可是，万万没有想到，在我八岁的时候，万恶的病魔夺走了我的妈妈！从此，我心中的星星陨落了。我常常仰望着夜空，默默地流眼泪……

后来，我有了后妈。她的脸不像妈妈那样白皙，两颊还有几颗隐隐的雀斑，但她的眼睛却像妈妈的眼睛：乌黑的眼珠，水灵灵的，那睫毛又长又密，眼睛中饱含着慈祥和温情。不过，我对她总感到非常陌生，她的眼睛再明再亮，也难以成为我心中的星星。

说实话，后妈真的很关心我、爱护我。早上，她为我准备非常可口的早点，给我换上干净的衣服；晚上，还陪伴着我做功课，陪我进入甜美的梦乡。

人人都说后妈待我好，我也觉得她待我不错，但我总不习惯、不快活、不自在，我像小刺猬似的时时护卫着自己，甚至觉得爸爸也不像以前那样可亲了。

有一次，我想买《童话故事》，从后妈的钱包里拿了五元钱。事后，她问我拿了钱没有，我硬生生地说："没有拿过。"她久久地看着我，也不再讲什么。晚上，后妈给了我《木偶奇遇记》，像是自言自语地说："我多么希望有个诚实的孩子啊！"

我发现后妈的眼里的泪花，那是爱的责备，爱的悲伤。我的鼻子酸得厉害，心里痛责自己，往后绝不再让后妈为我这么伤心了。

去年暑假，我打扫房间发现地上有两元钱，就毫不犹豫地交给了后妈。她用惊异的眼光注视着我，突然一把搂住我哭了，我第一次情不自禁地依偎在她的怀里，一点儿也不想离开。

从此，我发现后妈慈祥的、有几颗隐隐雀斑的脸很美很美，尤其是那双比以往更明更亮的眼睛，像忽闪的星星。

呵！是星星，我心里的星星又升起来了！

寻找下一处风景

# 飞翔的青春鸟

程　珂

"陶望，23票。"

"什么？23票！比我的高？怎么会这样？这群男生，真是的！不能因为只有他一个男生参选就选他呀。"

几天前，学校宣布要成立学生会，每个班推荐一个名额，没想到我们班的学生一个个都积极参与。最后，班级决定投票选举。然而，作为一班之长，我竟然落选了！

投票结果出来后，我心情沉重地将我们班的名单交上去。看着校长，我想说些什么，可话到嘴边却变成："校长，我们班已选好，名单给您。"出了办公室后，我暗自懊恼自己的胆怯和懦弱。

中午，在食堂，好友像是发现了我的异常，便问我："你怎么了？路过年级部的时候，你往里面探头探脑的，想找什么？""没什么。"我暗暗地将那份不甘和懊恼藏于心底。

回到宿舍，我一头扎到床上，校园广播又开始准时播放了，还是王洛宾的那首《青春舞曲》。"吵死了！"我烦躁地用被子捂住自己的耳朵。床"咿呀"了一声，像是痛苦而又无奈的呻吟，但嘈杂的音乐还是钻进了我的耳内，"美丽小鸟一去无踪影，我的青春小鸟一样不回来……"猛然间，我脑海中闪过父亲曾和我说的话："年轻时，想做的事情就去做，不要让自己后悔。"瞬间，一种莫名的勇气涌上心头。

下午，当我再次路过年级部的时候，我深深地吸了一口气，走了进去。站到校长的办公桌前，我鼓足勇气说："校长，您好！我也想加入学生会，希望您能给我一次机会。"

校长抬起头，认真地看看我，若有所思地点点头，说："好，那你先去吧。"得到了校长的允许，我不禁瞪大了眼睛，这就成了？出了门，我忍不住嘴角上扬。

史蒂文森曾说："青春时期的任何事情都是考验。"对我来说，这是一场勇气和胆量的考验，我通过了。

我很庆幸自己去做了，也做到了。

# 忘不了他

陈润文

"有谁知道吗？有谁知道？"好梦正酣，梦中一句急切的问话骤然将我惊醒。忘不了那种语气，属于他，也只属于他——王老师。

王老师，人如其姓，带着王者的严肃。他是我六年级的语文老师。印象中，他一头黑发，两鬓稍白，个子很高，背在任何时候都挺得笔直，常常不苟言笑。

他的课让人印象很深，语言不华丽，却总能精准地直击问题中心。当说到某个观点时，他不像别人一样一口一个"我认为"，而是语速缓慢地道："我以为，是这样的……"然后条理清晰地说明观点或道理。有一次他上课上到兴头上，干脆丢下书，快步走下讲台，双手比画着，试图复原课本上的情景，眼睛里闪动着神采，脸上甚至露出了罕见的笑容。忽然，他抛出一个问题，然后，看向同学们。没有人知道答案，大家都不由得低下了头。教室里一时间鸦雀无声。

为什么低头呢？怕！怕什么呢？怕他像刀子一样锐利的目光，毫不留情地刻在自己脸上。

他环视一周，脸色渐渐变差了。他双手背后，又提了一些启发思考的问题，急切地望着下面的同学。可依然没有人抬头。他的眉头越皱越紧，拧成了一个麻花。到最后几乎是喊出来的："有谁知道吗？有谁知道？"可同学们把头垂得更低了，只是缄默，不知道他接下来会做什么。

　　他意识到不能挖掘出什么了，妥协似的收回目光。背在背后的双手黯然放下，转身，走上讲台，叹一口气说："都抬头吧。"然后便恢复了慢吞吞的语气，仔细地分析起来，很冷静，不带什么感情色彩，却让人拨云见日。望着更多的脸露出恍然大悟的神情，他的双手在宽大的衣袖里颤抖着，视线似乎脱离了教室，望向更遥望的远方，再不是刀一样的锋利。

　　他渴望每个人都能听懂。

　　我曾见过的老师，温和者有之，古怪者有之，敷衍者亦有之。但我从未见过这样的人，他执着地等到所有人都低下头去，再做详细解答。现在，每当我看到老师一上完课就拂袖而去的身影，眼前就会浮现出一个人的面容，眉头紧锁，目光犀利。也许做这样的老师很累，但总有那么一些人会记得他。

　　现在他已不教我了，但我忘不了他，在我心目中，他是个让人崇敬的老师。他的严谨认真，他讲课时的神情，永远刻在我的记忆里，散发着独特的光芒。

寻找下一处风景

# 家乡的臭鳜鱼

刘翠羽

在黄山，臭鳜鱼是特别有名的一道菜。它是以优质的新鲜鳜鱼为原料，经加工腌臭而成的。臭鳜鱼虽臭，但味美，连一些不爱吃鱼的人都说好吃。它的肉质非常细嫩，营养价值特别高，不仅富含蛋白质、脂肪，还含有钙、钾、镁等微量元素，深受人们喜爱。

腌鳜鱼的关键就是味道。只有把鳜鱼腌制好了才能做出好吃的臭鳜鱼。如何才能做出闻着臭而吃着香的臭鳜鱼呢？

第一步，必须要选一条新鲜的鳜鱼。用新鲜的鳜鱼腌制出来的才是好的"臭"鳜鱼。最好选用鱼身黄绿色、腹部灰白色、体侧有不规则斑块、差不多有成年人一个半手掌那么大的一斤多的鳜鱼。

第二步，宰杀活鱼。和宰杀普通的鱼一样，把鳜鱼的鱼鳞和内脏除去，用清水洗净，沥干。

第三步，也是最为关键的一步，那就是腌制。在宰杀、洗净、沥干水分的鳜鱼表面，根据自己的口味轻重，用手抹上一层适量的食盐即可。然后把涂好盐的鱼整齐地码放在桶里——以木桶为佳，只有木桶才能最大限度地保证它的原汁原味。最后用大石头直接压在鱼的上面，压紧，并将木桶放到阴凉通风的地方——太热、太干的地方鱼会变成鱼干的。当然，桶口要盖点儿东西防苍蝇和蚊虫，而且每隔一天就要把鱼上下翻动一次。

一般情况下，10～30℃的气温都可以腌制臭鳜鱼。在这个范围内，温度越高，腌制的速度越快。当温度在10～20℃时，需要腌7～8天；温度在20～25℃时，腌制时间为4～5天；温度在25～30℃时，只需要2～3天就能达到臭的效果。当然，如果你口味重，可以选择多腌一段时间。

臭鳜鱼不仅重味，还很重色。刚腌制好的鳜鱼不能直接吃，还必须再配上一些大蒜、生姜、彩椒、碎肉丁、酱油一起烧制，进行着色。烧制过程和其他鱼差不多，当鱼身呈金黄色时就把鱼翻一个面。等两面都呈金黄色时，再加入少许水和白砂糖，等糖化了就可以起锅了。

起锅时，先把鱼铲出来摆在盘中，再在鱼汤中加入一些淀粉汁，快速搅拌至汤汁有一些黏稠时立刻舀出，并将汤汁从鱼头到鱼尾浇个遍。最后，还可以在盘上撒一些香菜。这不仅可以让菜的颜色更好看，还可以提香。

刚出锅的臭鳜鱼可以说是一件工艺品：鳜鱼表面呈红色，红中透露出一丝黑色。和彩椒、大蒜等作料一配合，鱼原本的腥味就不复存在了。尽管臭味还在，但那已经是一种让人食欲大增的美味了。

这就是安徽黄山的臭鳜鱼。虽然离开家乡多年了，但我一直没有忘记家乡臭鳜鱼的味道，一直想着什么时候再回家乡吃一次臭鳜鱼。

## 平安是福

侯新宇

俗话说：平安是福。生命是宝贵的，每个人都拥有宝贵的生命，我们要十分珍爱它。

不久之前，我无意间从网上看到小悦悦因交通事故而失去幼小生命的新闻。一个年仅三岁的小女孩儿，还没来得及享受生活的美好，就匆匆地离开了人世，我不禁感慨万千。

类似这样的事件数不胜数。记得有一次，在我们全家去苏州旅游的路上，一辆大卡车不遵守交通规则闯红灯，恰巧一辆摩托车横穿马路，刹那间两车相撞，发生了悲剧。摩托车司机当场死亡，大卡车司机受伤被送往医院。

其实，这样的交通事故是可以避免的。车辆遇到红灯必须停下来，在转弯的时候，行驶要放慢速度，出行尽量靠右侧，不在慢车道行驶，禁止司机酒后驾车。司机应做到开车不饮酒，饮酒不开车。只有遵守交通规则，才能保护生命，让每个家庭平安、美满。

我恨那些醉酒驾车的司机，更恨那些肇事逃逸的司机。他们似乎不曾想过，图自己一时爽快，会酿成多大的恶果。当他们的双手被铐上了手铐，或者在法庭上听到受害者的亲人的哭诉，也许他们才有所醒悟，可是"一失足成千古恨"，这世界上没有后悔药，到那时后悔就晚了。

老舍先生说过："生命是不容易得来的，也不能轻易地舍掉。"让我们做到高高兴兴出门，平平安安回家，共建美好的平安家园。

# 老师的"恐吓"作业

徐梦莎

"丁零零……"伴随着清脆的铃声,紧张的一周学习生活结束,老师像往常一样走进教室,布置回家作业。

"快把作业记录本拿出来,认真记下来,不许发出任何尖叫。"

"一、完成《语文天天练》期中B卷。"

哼,我暗暗自语,一张试卷有什么大不了的,二十分钟就可以搞定啦。

"二、默写一至五单元的词语。"

"啊!"个别同学叫了起来,干吗这么大惊小怪!双休日,怎么可能只有一项作业呢?两小时应该就可以搞定了。

"三、默写第七课四、五两节课文。"

"天哪!"再次有人发出了尖叫,大家开始骚动起来,议论纷纷。老师还是一脸的严肃,好像什么事也没发生。我也坐不住了,第七课是《金蝉脱壳》,第四节的内容很多,差不多有四百字,再加上第五节,少说也有六百字啦,况且还是默写。唉,本来妈妈答应等我做完作业就带我去超市购物,现在可要泡汤啦。

"四……"

什么！还有四？光语文就这么多，再加上英语、数学，还让不让我们活啦？

"阅读课外书，并写一篇读后感！"老师完全没有理会我们，她提高了声调说。

"不会吧！""太过分了吧！"……教室里简直要爆炸了，同学们有的噘起了小嘴巴，有的嘟囔着，有的干脆放下了笔，侧坐着身子，一副想要罢工的样子。这时，有个精灵鬼开腔了："别说话了，老师的绝招你还不知道，声音越响，作业越多！"经他一提醒，大家似乎都明白过来，只怪自己刚才太冲动了。教室里立即鸦雀无声，大家面面相觑，仿佛不是在等待作业，而是在等待审判员的最后的宣判。

"怎么不叫了，继续说啊！你们不说，那我来说……"老师环顾了大家，突然露出得意的一笑，严肃的表情一下子变得温和起来，一字一顿地说，"以上作业——全——部——取——消！"

什么？什么！这是老师的"恐吓"作业！"耶！"大家齐声欢呼起来。老师向我们道出秘密，她一直说我们的作文写不好，不知怎么描写心理活动，让我们通过这次体验写一篇作文。呵，老师真是教学有方，经她这么一吓，我终于完成作文啦！

寻找下一处风景

# 我发现了克隆人

周嘉悦

你是否相信这世上有克隆人？昨天晚上，我就看见了许多克隆人，这世界真乱套了！不信？听我来说一说吧。

"爸，妈，我回来了！"我像往常一样回到家中，进入房间，想看会儿电视，却发现了另一个"我"，正跷着二郎腿坐在沙发上"享受"呢。

我气愤地把书包一摔，瞪着眼睛看着她，大吼道："你是谁呀？敢抢本小姐的'宝座'！"她不屑地转过头："我是周嘉悦，请你放尊重点儿，别坏了本小姐的好心情！"

我火冒三丈，揪着她的头发不放："敢冒充我，哼！"她从口袋里掏出一张身份证，理直气壮地反驳："我有证件！"我一把抢过来，又取出自己的对照，天哪！竟然一模一样！

她又瞥了我一眼："现在这张身份证，两三元钱就买得到了！"难道我的身价只值两三元？我一下子呆了，跌坐在地上。

"爸！妈！把这冒牌货赶出去！"那克隆人嚣张极了。

接下来的事让我目瞪口呆：两个妈妈抬起我的脚，两个爸爸抬起我的头，把我"搬"了出去。

出了家门，我无奈地蜷成一团靠墙坐下。当我回过神来，简直不敢相信自己的眼睛，满大街的人都有自己的克隆品，中国十三亿人就要变成二十六亿人了，这该怎么办？

就在这时，商场的大屏幕上出现了两位一样的新闻主播！她们同时说道："亲爱的观众们！大家好，哇哇博士最近研制出一种克隆菌，全国人民都有了自己的克隆品，大家是否很兴奋呢？"

我仰天长啸一声："不——要——啊——！"你们认为有克隆菌是福还是祸呢？

# 山 村 图 景

仇艺凡

清新的空气,翠绿的树林,缓缓流淌的小溪,成片的长满庄稼的梯田,空中飞翔的鸟儿和院里的家禽,以及勤劳的人们,构成了乡下的美丽图景。这种田园美景对我来说并不陌生,我的姥姥就住在拥有这番美景的山区农村里,每年我都有机会去欣赏山村的美好风光。

早晨,太阳还没有升起,天空刚刚泛起鱼肚白,我便走在了乡间的小路上。农村的空气不像城市那样浑浊,尤其是在早晨,格外清新,呼吸着这样的空气,心情更是轻松舒畅。远处是一片片绿色田野,果树和花朵上还沾着晶莹的露珠。天已经完全变白了,太阳慢慢地升了起来,阳光洒满了乡村大地,乡村的人们也开始了一天的忙碌。我吃着舅妈自己磨面蒸的馒头,和用自家菜园子里种的豆角炒的菜,确实比城里买的好吃多了。

上午的时候,人们都下地去干活儿了,我留在了院子里。大黄狗懒洋洋地趴在阳光下,半闭着眼睛,母鸡带着小鸡到处找食吃,从院里跑到院外又跑回来,跑来跑去也不嫌累。快到中午了,猪在圈里"噜噜"地叫,牛也"哞哞"地喊个不停,人们陆陆续续地从地里回来，喂完猪、牛、羊等牲畜，吃了午饭，不一会儿就到了下午。

下午的活儿是拔地里的野草，我也跟着一起下地。爬了一段山路就到了田间，拔地里的野草要连根拔出来，野草的根很长，也许是我力气小，总是将草拔断了。这样过不了几天，野草就又长出来，影响庄稼的生长。我放弃了拔草，坐在高处看起了风景。远处是连绵起伏的山，山上有各种不同的颜色，绿色的是树和农作物，黄色的是油菜花，蓝色的是大棚和湖水。近处是一片片梯田，不时有不知名的鸟儿飞过，田里的小虫不停地演奏着大自然的交响曲。我已经陶醉在这风景中了。

夕阳的余晖染红了天空，人们停下田间的活儿回家。等我回到庭院里，天已经暗了下来。月亮挂上了天空，星星又多又亮，散落在蓝得发紫的天空中。我在城里从来没看见天空有这么多星星，也不知道天空原来这么美。吃晚饭的时候，家人把桌子抬到院子里，借着月光和闪闪的星光，边吃边拉着家常，真比那烛光晚宴还强上许多倍。晚上，我躺在床上，听着屋外各种各样小虫子的鸣叫，偶尔传来几声狗吠，在这美妙的大自然的乐声中，慢慢地进入了甜蜜的梦乡……

# 寒风中的温暖

王都颜

又到冬天了,太阳像是裹了一层保鲜膜,从东跑到西,累得气喘吁吁也没给我们留下一点儿温暖。风真讨厌,无孔不入地摧残着我们这些"祖国的花朵",仿佛只要一开口就会连胃里都灌满了那噬魂的寒意。我一整天都没怎么动,只窝在座位上,期盼明天不要这么冷。

终于放学了,我在心中给自己催眠了半个小时,才鼓起勇气走出了教学楼。赶尽杀绝的寒意迎面而来,跑是不可能的,一跑就会给风留下可乘之机,只能用"游击战"了。

路灯早就亮起来了,可我根本没感觉到小说中描写的"昏黄"或者"温暖"的意境,只觉得那惨白的灯光在寒风中显得更加可怜,仿佛快要灭了一样。我正考虑要不要买两个包子暖暖胃,就远远地瞧见小吃店里密密麻麻的身影,我又犹豫起来。此时,风更加肆无忌惮地吹起来,把一切能吹起来的东西都卷到天上,然后再让它们重重地摔下来。我认命地叹了口气,转过身准备回宿舍,眼角瞥到一抹高大的身影,我惊喜地叫了起来:"爸爸!"

爸爸回过头，大步向我走来，用羽绒服把我裹住，替我拉上拉链。"冷不冷？"我点点头，爸爸拉开自己胸前的拉链，小心翼翼地从怀里掏出一个饭盒，用左手护着放在我手里，宠溺地说："星期五你说要吃面，没有做，星期六、星期日两天你又没在家吃饭，妈妈知道你不开心了，让我给你送来……天这么冷，吃点儿面也暖胃，还是热的，赶快回宿舍吃！"不等我答话，爸爸又叮嘱我，"赶快回去吧，面要趁热吃，不许喝冷水，对胃不好，晚上睡觉别踢被子……"

爸爸看着我上了楼，一副不放心的样子。我抱着饭盒走到楼梯拐角处，没有了爸爸在我身边，风又得意洋洋地把我包围，在我耳边呼啸。然而，我并不觉得怎么冷了，我只觉得，我的世界漾满了幸福，怀里的饭盒传来一阵阵幸福感，上面有爸爸妈妈对我的爱的温度。

## 花 的 容 颜

郝 晖

　　岁月里,你的脸将会成为一副老榕树的模样,但你的心灵,无论何时都是一朵花的容颜。

——题记

　　听别人说,妈妈曾经有一张瓜子脸,容貌甚美。清澈明亮的双眸,弯弯的柳眉,长长的睫毛,白皙无瑕的皮肤透出淡淡红粉,薄薄的双唇犹如玫瑰花瓣,真是人见人爱,花见花开。可自从我来到这个世界,妈妈的面容变得憔悴,水汪汪的大眼睛显得低垂。

　　我小时候是个淘气鬼,经常让妈妈操心。记得三年级时,我不写作业,上课开小差。老师好心提醒,我还顶嘴,甚至咄咄逼人。老师无奈,把家长叫来。妈妈到了,额头上豆大的汗珠在两颊闪动,显然妈妈是匆忙赶来的。妈妈狠狠地瞪了我一眼,就走进办公室。这次完了,我回家后一定会挨批评。

　　突然传来妈妈和老师的对话。

　　"你这孩子我们可管不了了,他自己不学习也就罢了,还打搅其他同学写作业，还说脏话，还打人……"妈妈连忙道歉："老师，对不起，保证没有下一次。你不知道，学习对他太重要了。我和他爸都没文化，我们吃尽了没文化的苦……"只听老师说了声："好吧！"

回家后，妈妈没我想象的那么凶，而是坐下来和我说："儿子，我求求你了，无论妈妈做什么，只要你好好学习就行！"我看着妈妈着急的汗水，闪烁的泪花，我抱紧妈妈哭了，竟然发现妈妈有了些许的白发。

如今我成了师长眼中的好孩子，岁月在母亲的脸上无情地刻上了深深的痕迹，毛糙蜡黄的皮肤使她看上去比实际年龄大很多。此刻，我手中的笔停住了，泪水充斥了我的眼眶。

灯光下是母亲柔弱的身影，那微微弯曲的脊背，那疲惫的神色，还有那一双龟裂的手。

岁月里，你的脸将会成为一副老榕树的模样，但你的心灵，无论何时都是一朵花的容颜。

# 爬山虎的秘密

杨正琦

姥姥家楼的侧面有一大片爬山虎,密密层层地遮住了一面墙,像给楼房穿上了一件绿色的衣服,非常引人注目。

爬山虎紧紧地趴在墙上生长,脚下是很小的一片土地,长不过一米,宽仅有十几厘米,而且土质很差,有很多小石子。可就在这样艰苦的环境下,爬山虎还是长得非常茂盛。几根粗大的攀缘茎直伸到楼顶,就像结实的树藤。我抓住其中的一根使劲儿往下拽,爬山虎纹丝不动。

爬山虎的一个叶柄上长着四片或五片叶子,每一片叶子都是卵形的,五片叶子围起来,就像一朵花。秋天,爬山虎的老叶子都变红了,连叶柄也变红了,像葡萄酒的颜色,而新叶还是嫩绿的,只可惜在这个季节,新叶已不多见了。有几枝爬山虎爬到了电线上,又垂下来,像一个挂饰。一阵风吹来,"挂饰"就来回摇晃,像一个被打了两拳的沙袋。在叶落的地方长出了一串串种子,颜色乌黑,就像一颗颗黑珍珠。

爬山虎是靠什么爬到楼顶上的呢?我仔细地观察了一番,终于得出了答案:是靠它的脚。爬山虎的脚刚长出来是嫩绿色的,又细又软，让人感觉这样的脚根本趴不住墙。可是它的脚越长越硬，颜色也变成棕色的了。在脚的末端长出了小圆片，小圆片就像吸盘一样，伸进石子墙的缝隙里。爬山虎就是这样一脚一脚往上爬的。我试着拔掉它的脚，可一使劲儿，连小石子也被扯了下来。爬山虎的脚可真有劲儿呀！

　　这一片爬山虎无人照料，却长得如此茂盛，生命力是多么顽强呀！它不停地往上爬，像是在告诉我们：只有勇攀高峰，才能取得成功！

# 江南水乡古镇

孙　皓

同里是名副其实的江南水乡古镇呀！下了车，我立刻被这里古色古香的情调吸引住了：古老的房子，古老的店铺，古老的旗帜，连人们的穿着看上去都那么古老，女人们还脚踩绣花鞋，身穿蓝印花布做的衣服哩！

## 御　史　府

御史府里，亭台楼阁掩映在绿树丛中，精致典雅。

假山上有几块裸露的太湖石，山顶上有一个小亭子，山脚下还有一个大水池呢！用千奇百怪的太湖石堆成的假山像是人间仙境，仿佛上面还住着神仙。山洞里面弯弯曲曲的，好像曾经有一条龙在里面住过。

假山脚下的大水池可是后花园里的一个亮点。水池上有一座弯弯曲曲的小桥，人们正站在小桥上喂鱼，鱼儿都来抢食吃，挤来挤去，逗乐了人们。我也买了鱼食喂了起来。看着这群饥饿的小鱼，我慷慨解囊，毫不犹豫地倒入半袋鱼食，鱼儿就在我面前大吃了起来，有的鱼儿竟然打起架来了。它们扑打着，游动着，跳出水面，溅了我一脸水。

## 退 思 园

妈妈说："不到退思园，就等于没到同里。"退思园真的这么了不起吗？

退思园是它的主人当官回来后建造的私人花园，取名"退思"，有退而思过的意思。退思园是横向建造的，这与别的房屋不同。窗户的形状多种多样，有五边形、六边形、菱形、梅花形……我还发现：从每一扇窗户向外望去，都可以看到窗外栽种着的花草树木，无论从哪个角度看，都是一幅美丽的山水画，所以我们不管身处何处，都会感到神清气爽，一身轻松。这也许是苏州园林的一个特点吧！

用"人间天堂"形容同里真是一点儿也不过分！

## 我"撞脸"了

戴麟琪

星期六上午,我又和妈妈上演了一场青春期撞上更年期的战争。在妈妈喋喋不休的教导声中,我头也不回地冲下了楼。

来到小区,我心情沉闷地坐在长凳上。这时,迎面走来一个小女孩儿,居然和我长得一模一样!她对我说:"你和妈妈吵架了吗?"我心里一惊:她怎么知道的?难道她也是一个想逃出妈妈"魔掌"的小孩儿?

"是的,她不要我了⋯⋯"我声音很是低沉,不仅仅是因为难过,也有喉咙难受的原因。见我情绪低落,小女孩儿诡异地笑道:"我也和妈妈吵架了,既然我们长得这么像,又都不喜欢自己的妈妈,待会儿我们就互换身份去对方的家吧!""这主意不错,反正我也不想回家,捉弄她们一下,出口气也好!"

转眼间,快吃中午饭了。妈妈居然没下楼找我,这更加坚定了我不回家的决心。在告诉对方我家的楼层、房号,并和她商定下午在原地会合后,我去到了那个新家。

一进门,"妈妈"和善地对我说:"怎么样,出去透透气,心情是不是好一点儿了?快洗手吃饭吧!"她一边说,一边用手摸了摸我的额头。我顺手挡了一下，一个陌生女人摸我的头，我可不习惯。"你的脸这么红，是不是发热了？""妈妈"又关切地来了一句。

"没有。"我依然很烦躁地回答。"妈妈"放下手中炒好的菜，赶忙为我量体温。一边量，一边自言自语："家里好像没有退热药了，该去买一点儿了。"夹着体温计，我心里有点儿小感动：好像我的妈妈也是这样对我的……我今天是不是有点儿太过分了？为了吃薯片这点儿小事就和妈妈吵起来了。想着想着，我突然有了立马跑回家的冲动，但转念一想：机会难得，还是先看看别人家的妈妈是怎么对待自己的孩子的……

我继续伪装起来。一会儿，体温测量完成。"３８.５度！""妈妈"大叫起来："叫你不要吃薯片，看，现在发热了吧！肯定是扁桃体又发炎了！"原来，她也是因为这事和妈妈吵架呀！怎么天下的妈妈都一个样？她在我们家是不是也在量体温呢？

"小茜，快醒醒！你有点儿发热，家里没药，要去刘医师诊所！你这孩子，实在是不听话！跑下楼去，居然就睡在小区长凳上！赶快起来，去诊所！"原来，是妈妈向我妥协，把睡梦中的我背回了家——我只是做了一个去别人家的美梦而已！

天底下的妈妈都是一个样，哪怕有时看起来太过严厉，甚至有些无情，但她们的出发点只有一个——那就是爱！看着着急的妈妈，再想想睡梦中那个和我撞脸的小女孩儿，我心里很愧疚，但更多的是满满的幸福……

## 遇到二十年后的我

崔 璟

"丁零零……"我正一个人在家看电视，电话突然响了起来，我以为是妈妈，就接了起来，可电话里却传来一个陌生男子的声音，他急匆匆地说："崔璟，赶快，快下楼！"我警觉起来："你是谁！为什么给我打电话！""别问了，我的时间有限！下来你就知道了！"那名男子用最快的速度说完这段话。我赶紧穿好衣服，把仿真手枪、弹弓装到衣服口袋里跑下了楼！

我一下来就吓了一大跳，只见一艘UFO出现在我面前，一个电梯从上面伸了下来，一名男子走了出来，他走过来紧紧地握住我的手说："你好，崔璟，我是崔璟，很高兴见到你。"我呆住了，难道是克隆人？那个假崔璟说："不要害怕，我是未来的你。走，跟我去看看二十年后的世界！"说着，他就不由分说地把我拉上了飞船。只听耳边一阵电闪雷鸣，我眼前一黑，就来到了未来。

一下飞船，我就问他："你到底是谁啊？"他说："我真的就是你，只不过是二十年后的你。我现在是科学家，曾多次获得诺贝尔奖！"我将信将疑，突然我的眼前出现了一个大大的游泳池，还有过山车、激流勇进、碰碰车等游乐器材，我问"崔璟"："这是哪儿啊？"他说："这是你住的小区啊！"我大声说："这哪是住宅区啊？分明是游乐场嘛！"

　　这时，我发现在茂盛的树林里隐隐约约有几栋楼。每栋楼都安装了微型太阳能高速空调！真没想到，在短短的二十年的时间里，人们的住宅发生了如此巨大的变化！我们走进了小区，来到了我未来的家，一敲门，妈妈就迎了出来，哇！这哪是二十年后的妈妈，简直跟三十岁的她一样，我问"崔璟"："这是怎么回事？""这是因为妈妈服用了我研制出的一种转基因产品，这种产品能使人的衰老速度减为正常的10%。"我正要进屋，一面激光壁出现在面前，让我确认指纹，"崔璟"说："试试吧，我们的指纹一样，你能进去的！"我试了一下，果然可以！

　　可是屋里空空如也，没有一件家具，我想：这没有沙发，让人怎么休息呢？还没想完，地上"嗖"地冒出来一套进口名牌沙发！原来这种智能住宅，只要指纹确认成功，你想用什么东西，它便会出现在你面前！真没想到自己的家会变成高科技住宅，我恋恋不舍，好想现在就住上这个房子。当然，我也明白，那是不可能的事！

　　我们走出了小区，来到大街上。发现街上没有一辆车，我就问"崔璟"："这儿怎么没车啊？"他慢条斯理地说："别急，看天上。"我抬头一看，妈呀，空中全是汽车，可是却不排放尾气。我用刚买的资料手表查看了有关资料，原来它们是太阳能汽车，平时边飞边补充能量，到了阴天和夜晚则用那些积蓄的能量进行飞行！

　　这时，"崔璟"说："时间不早了，你赶快回去吧！再不回家，爸爸妈妈要着急了。"说着，他又把我送了回来，我想：我不能满足这样的情景，我要更加发奋努力，把世界建设得比已知的未来更美好！

# 疯狂的冰激凌节

傅 瑶

"哇，好冷啊！"

这是怎么回事？我擦亮眼睛一看，家里所有的装饰都变成了冰激凌，时钟是冰激凌，枕头是冰激凌，整个房子都变成了冰激凌！今天是什么日子？哦，原来，今天是一年一度的冰激凌节！

早晨，我背着书包走出家门，顿时愣住了，整个世界好像披了一件冰激凌的风衣，地上、树上、墙上全都是冰激凌，看得我都不忍心踩到地上去。

"哗哗哗……"

天空中下起了雨，可是，下的并不是一滴滴小水滴，而是一个又一个冰激凌：香草味的、奶油味的、草莓味的……红的、绿的、五彩的，真是应有尽有。我伸出手，接住了一个冰激凌，放进嘴里，一股甜甜的味道在我的舌尖打转，凉凉的口感像有一个小冰人在我的喉咙里跳舞，直沁入我的肺腑。

回味着这些香甜可口的冰激凌，我差点儿忘记了时间，一看手表："啊，八点了，快迟到了！"

我狂奔到学校，打开书包，顿时傻眼了——书包里的书不见了，里面全塞满了冰激凌。可是老师已经进了教室，无奈，我只好将冰激凌拿出来，一不小心，将冰激凌的蛋筒皮弄破了，冰激凌就像一本书，一页一页地翻开来，我顿时大喜！

"同学们，请你们坐好，这一节课我们一起来研究冰激凌的味道。"老师笑眯眯地对我们说，还从纸箱里拿出一个个冰激凌发给我们。

咦，今天怎么回事？怎么我们不学习语文数学，学起冰激凌来了？今天的冰激凌节啊，真是太酷了！

后来，我们还上了冰激凌配制课、冰激凌变味课、冰激凌历史课……

中午，我们一边吃冰激凌一边听广播，有一则广播令我们全班都震惊了——全市的道路上没有一辆汽车！怎么回事？今天又不是无车日！原来，今天由于地上全是冰激凌，汽车的轮胎打滑，无法行驶。看来啊，冰激凌节，有好处也有坏处啊！

傍晚，我踩着冰激凌铺成的小路回到家，发现餐桌上已经有一大盘冰激凌在等着我。我眼睛一亮，奔向餐桌，狂吃起来，一个、两个、三个、四个……

这真是一个疯狂的冰激凌节！

# 我只有一厘米高

陈洗凡

早上，我一觉醒来，发现自己被罩在一片黑暗的世界里。没有光，也没有风，十分闷热。我吓坏了，什么也不管，一股脑儿地向前冲。

终于发现了有光的地方，从门缝里挤进去，我惊呆了，这竟然是我的卧室！天啊，我跳到桌上，用尺子量了下自己的身高，发现自己竟然只有一厘米高。我该怎么办？去找妈妈来看看吗？不，我现在这么小，妈妈怎么可能会相信呢？我应该待在这儿，让其他人来营救，或者去冒险？对，去冒险！也许我可以成为像"闪电侠"那样的英雄！可是我现在应该去哪儿呢？也许我应该出去逛逛，看有没有让我这个英雄大显身手的地方。

第一关，楼梯风波。

我来到门前，刚准备下楼，就摔了一个大跟头。原来由于过度兴奋，我完全忘记自己已经变小，要知道，平时我走这个楼梯，可是一步跨两个台阶，但现在就不能这么威风了，跳两步下一级还行。可细细算来，这几十层楼梯，可不是这么容易过的，没办法，我只好启动"超级风火轮"——连滚带爬了！

第二关，蛛口逃生。

我来到草地上，正走着，突然发现一只张牙舞爪的蜘蛛向我逼近。我吓坏了，拼命向前跑，蜘蛛跟了上来，跳到我面前，向我吐丝，直到把我缠得结结实实。我惊吓过度，昏了过去。

当我醒来时，我发现自己被绑在蜘蛛的网上，正当蜘蛛要享用美餐时，一个小男孩儿发现了我。他用手拿起了我，把我装在一个盒子里，我这才"蛛口逃生"。

第三关，最后挑战。

小男孩儿把我带回家，打开盒子，我一下从盒子里蹦了出来，落在他的鼻尖上。对我来说，他可是个巨人啊，想胜利，得用智慧。一个点子从我脑中闪过："有办法啦！"我从口袋里掏出一粒芝麻，扔在桌上，吸引他的注意力。方法果然有效，他看见芝麻，以为是只小蚂蚁在爬，根本没理我，趁机，我飞快地跳下桌子，往家跑去……

"起床啦！太阳都晒屁股了，快起来！"妈妈朝我大喊。我一下子惊醒了，呆呆地望着四周，希望有什么奇迹发生……

# 衣服要革命

张秋雯

乱哄哄的声音从远处挤了过来,到底发生了什么呢?

服装王国的臣民——衣服,在人类的生活中使用广泛,可日久天长,他们越发地忧郁起来。因为如果衣服坏掉了,就会被当作废品扔掉。服装王国的臣民决心效仿人类,举行大革命。

服装王国的女王——貂皮大衣首先发话:"各位'衣臣'有何建议?我们怎样才能摆脱被人类丢弃的命运?"德高望重的牛皮外套说:"我认为,我们应该开发我们的新功能、新用途。这样人类就会重视我们,不会因为破旧而丢弃我们。我们不能只是成为人类生活中被任意摆布的废物!"衬衫纷纷举胳膊赞同;外套举双袖同意;牛仔裤举起双腿表示同意。

貂皮女王说:"那我们现在就开始讨论,看看能不能讨论出新用途!"

衣臣三个一群、两个一伙地扎堆,同一类的在一起讨论。不一会儿,貂皮女王问大家讨论的结果,毛衣家族的高领毛衣首先发言:"我们高领毛衣的'高领'可是有新用途的。现在许多学生都把领子立起来当作口罩,这样,我们高领毛衣不但可以穿在身上，还可以代替口罩，节约成本，不是很好吗？"

衣臣纷纷表示同意，貂皮女王也点了点头。

衬衫家族的成员也举手发言："大家都知道，我们衬衫有的比较单薄，容易坏掉，不过，我们的吸水量可以说是正好，如果坏掉还可以当作比较好用的抹布，可以接替抹布的工作！"

气氛十分活跃，大家争先恐后地发言。

"女王陛下，我们羽绒服坏掉了以后，外面的面料还可以接着用，因为它是防雨的，可以用来盖怕湿怕潮的物品。""我们裙子的布料有许多图案，破旧了以后可以剪下局部的布料补其他衣服的破洞，也可以为小娃娃做衣服。""女王陛下，内衣内裤坏掉了以后可以剪成布条，用来捆绑其他的物品。"……

经过一个上午的激烈讨论，服装王国讨论出了许多种新用途。

你回家以后，也一定要按照他们的新用途去做，这样，就能为我们的地球节约很多的资源与成本，真是一举两得！

## 谁的知识最多

张翼飞

有一天夜里十二点,我刚写完家庭作业,准备上床睡觉。由于太困了,我刚躺下就睁不开眼睛了,我睡了一会儿,迷迷糊糊中听见一阵说话声:

"我可是最有知识的,你们看看,那么多文章都是我的同类写的。"

"你那也算是有知识?有很多文章不都是被我修改过的吗?"

"你俩别吵了,我才是最有知识的,没有我你怎么能写字呢?如果你写不出来字,她又怎么帮你修改呢?"

这时候,一个声音很粗哑的"人"说话了:"没有我,你在哪儿写字?我的功劳可是最大的。"

突然,有一群小"人"说话了:"在文章中,我们才是最重要的,没有我们,话说起来就没有节奏。"

话音未落,又一个"人"的声音响起来:"我才是最厉害的,如果整篇文章都只有你们和文字,不分段落,怎么表达另一个意思?"

各种各样的标点符号、文具争论不休。这时，书架上传来"哼哼"两声笑，所有"人"都向他投来鄙视的目光，一个"人"说："你算什么？敢来嘲笑我们！""人群"骚动起来，有"人"附和道："就是就是……"

一支比较有自知之明的钢笔说："哎呀！他是字典，他才是最有知识的。"

字典却谦虚地说："我的知识是多，但我不能写字，我也不能用来擦错字，大家各有千秋，都不要吵了。"

听了字典老人的话，文具、标点符号恍然大悟，停止了争吵，在被窝中的我已经看得目瞪口呆。从此以后，我对我的文具都特别爱护，写的字也非常好，甚至每个标点都画得规规矩矩的，因为我知道，它们都是有生命的。

# 我打开了笼子

毛席宝

就像中了百万大奖似的,我心中快乐的浪花汹涌起来,我圆圆的脸上漾开了满满的笑容。

这只麻雀,终于被我逮住了。此时,它正在铁丝笼中上蹿下跳。你看它那一身有趣的打扮:一顶土灰色的小帽戴在头上;黄澄澄的眼睛好奇地瞅着四方;泛着光泽的小肚子盖着一层软软的绒毛,特别是那身羽毛,太迷人了!我的视线紧紧跟着这只精灵,而我像小时候牵着风筝一样快活。

哈哈,麻雀不在高高的枝头树梢上,它在我的笼中,将成为我的"新宠"!我乐颠颠地捧来一把米,撒进笼中。小麻雀俯下头看了看米粒,又抬头用豆大发亮的眼睛定定地看着我,似乎是在审视一个犯人。"犯人?"我的心咯噔了一下,我怎么会想到这么一个词?我犯了什么错吗?我不再多想,静心看看我的鸟:雀儿一粒米也没有碰,只是在笼中上飞下跳。十分钟过去了,二十分钟过去了……也许是扑腾累了,它停在了小木棒上休息,眼中没了先前的神采。

这只雀儿能在我眼皮底下扑腾多久?一天,两天,会出三天吗？我心中没底。它喜欢吃哪一种虫子？它爱窝在哪儿睡觉？我不知道。我不能抓虫子给它吃，不能和它一起叽叽喳喳、高谈阔论。为了暂时的拥有，为了短暂的快乐，我把它困在了笼中。我是不是自私过了头？

"自私"这个词，仿佛一只长着尖利指爪的手在抓我的心，我的心情顿时如一团乱麻。

曾经，我把溪中欢畅游动的小小鱼儿捞回家养，不出三日，它们便见上帝去了；曾经，我从路口的小贩手中买来毛茸茸的小鸭子，才养了几天，它们就伸直腿与世长辞了；曾经，我把从海边抓来的反应敏捷的小螃蟹放在小瓶中，不到两天，它们就先后驾鹤西去……

看着眼前的雀儿，我要重蹈覆辙吗？是让自己快乐一时，还是让雀儿快乐一生？突然，一阵熟悉的鸟叫声传入我的耳孔，我把目光移向窗外。吸引过我无数回的老柳树上，一群麻雀或在树枝上蹦来跳去锻炼身体，或凑在一起海阔天空地侃侃而谈。看着它们，我想到了明朝著名的思想家吕坤的名言，"自私自利之心，是立人达人之障"，我忽然觉得心里重重地震动了一下，就像一枚核桃被一下子敲开了外壳。

我伸出手，打开了笼门。

# 寻找下一处风景

孔梦娜

每次来到外婆家,我都会久久站在门前,眺望远处的那座山。那山头总是萦绕着一团雾,透着几分神秘。

有一天,表姐又发现了沉醉其间的我,她不解地问:"你老盯着那座山干什么呀?"

"我觉得那座山有点儿神秘,真想爬上去……只是……"我皱了皱眉,"如果真的实现了,肯定会有些失落,我怕……"

"你怕生活没了憧憬?真是庸人自扰!跟我来!"说着,表姐拉起我的手就向山那边跑去。

不一会儿,我们就来到了山脚下。我没想到它居然离我这么近……

"还愣着干什么呀?爬呀!"表姐喊了一声之后,径直向台阶冲去。

清晨,太阳的光芒还很柔和。我深吸一口气,真是清爽宜人!踏在长满青苔的石阶上,我走马观花地欣赏着两边星星点点的美丽,目的地也离我们越来越近……

"瞧,我们要胜利了!"表姐指着不远处的山顶欣喜地说着。

"其实……其实把这座山当个期盼也不错呀，干吗要去实现呢？我们……"面对表姐的兴奋，我的心里却有一种说不出的感觉，我竟站在半山腰不动了！

"你发什么呆呀？等你领略了山顶的风景之后再说吧！"表姐也许是受够我的婆婆妈妈了，今天硬是替我做了决定，拉着我奔向山顶。

"怎么样，这儿的景致不错吧？"我们爬上了山顶，表姐饶有兴趣地说道，"如果你怕看过之后没了期盼，再找一个期盼不就得啦！或者再找一座山。"

再找？好像是那么回事。我每次呆望那座山，不仅仅是因为它的神秘，更是为了心中的一份期待。

我豁然开朗了，想象中的失落也突然消失了！登上了山顶，一处处美丽的景致展现在我的眼前：远处湛蓝的湖水泛着耀眼的亮光；树丛和草地上的露珠儿也眨着眼睛；鸟儿都放开歌喉，欢快地唱了起来。

从此以后，我懂得了去寻找一座又一座的山峰，去攀登它们，去征服它们……

# 陈晓玲，你真牛

翟天禹

陈晓玲，人如其名，一张嘴巴很厉害，不仅能说会道，声音也如银铃般动听。如果你想跟她斗斗嘴，告诉你，你输定了。

有意思的是，这几天陈晓玲的嘴简直是"百说百中"，因此有人背地里偷偷叫她"乌鸦嘴"。如果谁胆敢明目张胆地叫，肯定会被她的三寸不烂之舌吓到。

哈，我今天可算见识到了！

上午课间操之后，一贯叽叽喳喳的女生们兴致勃勃地玩起了沙包。我与孙玉雪一队，陈晓玲与王亚倩一队。一开始，陈晓玲队比我们队厉害。后来，我们队使出了杀手锏——眼手并用，越战越猛，比分直追对方。这时的陈晓玲在一旁急得抓耳挠腮。只见陈晓玲眼睛紧跟着沙包的起起落落而忽上忽下，身体也一会儿直起，一会儿弯下。忽然，陈晓玲把双手在嘴巴边围拢成喇叭状，大喊一声："掉下来！"紧接着，还打了一个大大的嗝。落在我手上的小沙包像是被陈晓玲的话给吓着了，忽地滚落了下来。

或许以上事件纯属巧合，可是一天内又怎么可能发生这么多巧合呢？

　　下午大课间的时间到了，同学们像往常一样冲出教学楼，尽情地玩耍，放松心情。我们女生围成一个大圈，踢起了毽子。彩色的鸡毛毽像一只蝴蝶在我们脚上飞舞。大家都使出了看家本领，谁都不想让毽子在自己脚上被踢飞，就这样，毽子欢快地从这只脚飞向那只脚。哇，真厉害，都踢了整整四圈了！同学们不禁暗暗叫好。可就在这时，陈晓玲银铃般的声音随着毽子的飞舞闯入了每个人的耳朵："蕾蕾，踢坏！"刚踢完一脚的汲春蕾听到这声音不屑地瞅了一眼陈晓玲，心想：如此完美的一脚怎么会踢坏？可谁知，毽子偏偏像听到命令似的按非正常轨道划了一个弧，笔直地向圈外飞去。即使下一个同学技艺再高，也无回天之力。哇！全体同学看着这一幕不禁目瞪口呆。

　　瞧，这就是陈晓玲，你说她牛不牛？